Der Bus

**Kurze Geschichten
in Rahmenhandlung**

Thomas Sichelschmied
Seit 2003 zahlreiche Auftritte und Lesungen.
Jahrgang 1967, Finanzwirt. Geboren und wohnhaft in Hamburg. Glücklich verheiratet und Vater einer Tochter. Außerdem Mitglied der Autorengruppe *Wortwerk* und als Ausgleich Schlagzeuger der Rock- und Metalband *Line-Zero*.

Bisherige Veröffentlichungen:

2003 Wolfsgesänge (Roman)
2009 Dulsberger Enthüllungen (Anthologie)
2012 Ein mörderischer Monat (Beitrag Anthologie und zur Lesung MaiRauschen 2012)
2012 Totendämmerung (Roman, Kindle)
2013 Der Bus – kurze Geschichten in Rahmenhandlung
2014 Der achte Sinn (Beitrag Anthologie und zur Lesung MaiRauschen 2014)
2014 Die Abtei (Roman)
2015 Totendämmerung (Neuveröffentlichung)
2015 Beitrag zum MaiRauschen 2015

Thomas Sichelschmied

Der Bus

Kurze Geschichten
in Rahmenhandlung

Bibliografische Information Der Deutschen Bibliothek: Die Deutsche Bibliothek verzeichnet diese Publikation in der Deutschen Nationalbibliografie; detaillierte bibliografische Daten sind im Internet über www.ddb.de abrufbar.

Korrektorat: R. Wessel
Layout: SichelWerk

© 2015 – Thomas Sichelschmied
Herstellung und Verlag:
BoD - Books on Demand, Norderstedt
ISBN 978-3-7347-7107-1

Alle vorkommenden Namen, Orte und Handlungen sind frei erfunden. Ähnlichkeiten mit lebenden, toten oder untoten Personen sind rein zufällig, nicht beabsichtigt, aber teilweise unvermeidbar.
Weitere Informationen unter:
www.sichelschmied.jimdo.com

Inhaltsverzeichnis

Straßburger Platz	7
Begleiter	10
Krausestraße	16
Auf dem Bahnhof	17
Dehnhaide	25
Paramecium Caudatum	26
Biedermannplatz	33
Virago	35
Saarlandstraße	51
Motorrad Erfahrungen	53
Burmesterstraße	71
Der Fuchs und die Gräfin	73
Trojandtstieg	79
Ameisen auf dem Dulsberg	80
Barmbek	90
Jochen Albers' seltsame Allergie	92
Was fehlt	96
Hintergrund	115
Auch erhältlich	118
Leseprobe Totendämmerung	119

Straßburger Platz

Ein verregneter Dienstag irgendwann im Februar. Harald Numps wartete, wie er es für gewöhnlich tat, an der Bushaltestelle am Straßburger Platz. Es gab zwar einen Unterstand mit Bank und Überdachung, doch ihn benutzen mochte er heute nicht. Nun, eigentlich hätte er sich gern gesetzt, auch des Regens wegen, der immer stärker zu werden schien. Aber in dem Wartebereich saß bereits jemand, und der paffte. Ihn als Nichtraucher, und vor allem als gewordener, störte das schon. Nur würde das oder eine eventuelle Bitte seinerseits vermutlich wenig an der Situation ändern. Eher würde er noch eine gelangt bekommen. So war das eben in Hamburg; und auch und gerade hier in Dulsberg.

Herr Numps seufzte. Ein paar Regentropfen trafen seine Schuhe. Er versuchte, sich noch ein bisschen näher an die Mauer der Backsteinkirche zu drücken. Sie begann direkt hinter der Bushaltestelle und das überhängende Kirchendach bot wenigstens ein Stück weit Schutz vor den Unbillen des Wetters.

Beschreiben ließ sich Herr Numps als ein Mann in mittleren Jahren, unauffällig und eher klein. Er trug einen zerknitterten Mantel mitsamt braunem Cord-Hut und war Beamter im mittleren Dienst. Sein Bus, der 171er, hätte schon vor zweieinhalb Minuten gekommen sein sollen. Aber wann kamen Busse schon pünktlich? Na ja, das kannte er schon.

Auf der anderen Straßenseite entfernten Arbeiter Wahlplakate. Das letzte, das sie abrissen und mit Schmackes auf die Ladefläche eines Autos warfen, war von der

Partei *Die Linke*. Wurde auch Zeit, dachte er. Die Bürgerschaftswahl war schließlich schon vor Wochen gewesen. Das Plakat – das hatte gerade noch erkennen können – trug die Aufschrift: Hartz IV muss weg! Und zwar mit Ausrufezeichen. Wenn die meinen. Nur, was sollte dann kommen? Hartz 5 oder 6b? Mehr Geld würde es ohnehin nicht geben und erst recht nicht, wenn die mit an der Macht wären. Sah man doch in Meck-Pomm oder Berlin. Korrupte Säcke alle miteinander.

Aber der Slogan rührte an etwas. Er erinnerte ihn an ein Buch, das er letztens angefangen hatte, ohne es zu beenden. Im Übrigen ein häufiges Laster von ihm. *Dulsberger Enthüllungen* oder so ähnlich hatte es geheißen. Warum ihm das gerade jetzt einfiel? Parteischilder kamen, soweit er sich erinnerte, eigentlich darin nicht vor, nur Kurzgeschichten. Die letzte jedenfalls handelte von einem Mann, der gestorben war. Oder es zumindest dachte. Irgendetwas in dieser Art. Sie war nicht schlecht geschrieben, soweit er das bislang hatte beurteilen können.

Er durchwühlte seine Einkaufstasche, ein riesiges grünes Ding aus Leinen mit Fair-Trade Aufdruck. Auf den ersten Blick konnte er nichts finden, aber er war sich sicher, dass er das Buch vorhin eingesteckt hatte. Das Geräusch eines einfahrenden Busses unterbrach seine Suche. »Wurde auch Zeit«, murmelte er, ließ alles andere sein und holte seine Fahrkarte hervor. Gleich hinter dem Raucher, der nach der Letzten noch eine verpafft hatte, stieg auch er zu.

Der Fahrer hatte nicht einmal auf seine Karte geschaut. Er hätte auch einen Einkaufszettel oder eine leere Wurstpackung vorzeigen können. Im Bus war es kühl und ziemlich leer. Eine Handvoll Leute vielleicht. Besser als vollgestopft. Der Raucher war, Gott sei Dank, gleich nach hinten durchgegangen.

Jochen Albers hieß der Busfahrer, sofern das Schildchen an seinem Revers den echten Namen enthielt. War das neu, dass die jetzt solche Dinger tragen mussten? Wahrscheinlich. Jochen Albers, was für ein bescheuerter Name. Aber dafür konnte der Mann ja nichts. Einigermaßen missmutig setzte sich Herr Numps direkt hinter den Fahrersitz, da fühlte er sich sicherer.

Es regnete mittlerweile stärker. Dicke Tropfen perlten von der Scheibe ab. Der Busfahrer musste Schnupfen oder eine furchtbare Allergie haben. In einem fort zog er die Nase hoch und schniefte. Herr Numps fragte sich, ob man als HVV-Mitarbeiter keine Taschentücher mehr mit sich führen durfte. Es nervte allmählich. Vielleicht sollte er sich weiter nach hinten setzen? Dann fiel ihm sein Gedankengang von vorhin wieder ein und er durchsuchte die Tasche erneut, diesmal mit mehr Erfolg.

Dulsberger Enthüllungen & weitere Bösartigkeiten lautete der vollständige und ziemlich unhandliche Titel des Buches, das er schließlich zutage förderte. Ein hübsches Bildchen war vorne drauf. Die meisten Geschichten darin fand er eher blöd, aber ein paar mochte er.

Harald Numps nahm seinen Hut vom Kopf. Er lehnte sich etwas zurück, streckte die Beine nach rechts zur Seite, denn nach vorne war kein Platz dazu und begann zu lesen. Bis zur Endhaltestelle, so vermutete er, würde er mit der Geschichte fertig sein. Damit lag er richtig, er schaffte es sogar noch ein bisschen vorher.

Begleiter

Die Geschichte beginnt dramatisch. Sie beginnt mit meinem Tod. Nun, der Tod an sich besaß eher wenig Dramatik. Kein überengagierter Islamist, der sich um Allahs Willen in meiner Nähe in die Luft jagte oder SUV-Fahrer, der nicht einsah, für einen schnöden Fußgänger wie mich zu bremsen. Nein, ich klappte einfach zusammen und stand nicht mehr auf.

Als ich erwachte, wobei dieser Ausdruck meinen Zustand nur im Ansatz richtig umschreibt, befand ich mich in einer Art Korridor, einem schlauchartigen Raum. Er war nicht sehr breit, dafür aber lang. Mindestens an die 30 Meter. Es herrschte ein nicht definierbares Zwielicht. Also nichts mit gleißenden Strahlen, wie man es aus Filmen kennt. Vermutlich konnte man sich nicht entscheiden, in welche Richtung ich zu gehen hatte. Ich selbst hätte es auch nicht sagen können. Jedenfalls würde ich nur ungern dort hingehen, wo sich Bibeltreue Christen oder die Zeugen Jehovas treffen.

Am Ende des eigenartigen Raumes sah ich eine Tür mit zwei Flügeln. Links und rechts wurde sie von jeweils einem Gargoyle bewacht. Grauen, steinernen Skulpturen, etwa hundegroß, wie sie auch oft an Mauern von Klöstern und Kirchen zu finden sind. Sie sind angeblich Dämonen nachempfunden und sollen ihre Artgenossen von diesen Orten fernhalten. Ich vermute, es hat schon damals wenig geholfen.

Als ich mich ich ihnen näherte, wurden sie lebendig. Sie stießen Dampf aus den Nüstern und fingen an zu knurren. Obwohl sie sich scheinbar nicht von der Stelle bewegen konnten, hielt ich danach doch immer einen recht großzügigen Abstand zu ihnen.

Es gab weder Bilder noch Einrichtungsgegenstände. Das einzige Mobiliar in meiner neuen Behausung bestand aus einem Sofa. Es war rot und sah bequem aus. In Ermangelung von Alternativen setzte ich mich und wartete erstmal einfach ab. Was hätte ich auch sonst tun sollen?.

Lange musste ich nicht warten. Neben mir ließ sich jemand auf das Sofa plumpsen. Ein Mann, etwa Mitte vierzig. Also so alt wie ich. Ich kannte ihn nicht. Er lächelte freundlich und fragte, wie es mir ginge.

»Nicht gut«, antwortete ich durchaus ehrlich.

»Kann ich verstehen. Würde mir vermutlich nicht anders gehen.«

Dann schwiegen wir beide.

»Erinnerst du dich nicht mehr an mich?«, fragte er nach einer Weile in die Stille hinein.

Ich sah ihn an und schüttelte den Kopf.

»Schade. Ich bin Thomas, Thomas Bojan. Erkennst du mich wirklich nicht mehr?«

Natürlich kannte ich Thomas. Wir waren beste Jugendfreunde gewesen. Aber seit gut 20 Jahren war der Kontakt abgebrochen. Und der Mann da neben mir sollte Thomas sein? Er sah verhärmt aus und viel älter als damals. Es dauerte ein bisschen; aber doch, er besaß eine gewisse Ähnlichkeit.

»Ja«, sagte Thomas dann, »nun sitzt du also hier. Irgendwann sitzt hier jeder einmal. Es gibt schönere Orte, aber ich finde, du hast es dir ganz gut eingerichtet.«

»Eingerichtet?«, fragte ich. »Ich habe gar nichts eingerichtet. Ich war einfach nur hier.«

»Das kann man auch anders sehen.« Thomas lächelte milde. »Alles an diesem Ort ist der Erinnerung deines Kopfes entsprungen. Ich übrigens auch.«

»Wie jetzt? Selbst angenommen, du bist der Thomas von damals - wobei ich mir dabei in keinster Weise sicher bin: Woher sollte ich wissen, wie du heute aussiehst? Wir haben uns doch ewig nicht mehr gesehen.«
»Du weißt es deshalb, weil wir alle vernetzt sind.« Er machte eine weit ausholende Armbewegung. »Ein unsichtbares Netz, das alles miteinander verbindet. Jedes mit jedem. Aber lassen wir das. Worauf wartest du eigentlich noch?«
Ich verstand nicht, was er meinte. »Ich warte auf gar nichts«, sagte ich schroff. Irgendwie nervte er.
»Aha. Du weißt aber schon, dass du eigentlich nur durch diese Tür da gehen müsstest?« Er zeigte in Richtung der Gargoyle.
»Ich habe es versucht, aber die beiden sehen das scheinbar nicht besonders gerne.«
»Ah, ja.«
»Wie *ah, ja*?«
»Ich weiß, es fällt schwer, das alles anzunehmen. Es ging mir nicht anders.« Er sprang leichtfüßig auf und schaute sich interessiert im nahezu leeren Raum um. »Weißt du«, meinte er dann, »manchmal sind sie sich noch nicht sicher und lassen einen warten. Das kann dann dauern. Warten wir einfach ab und sehen, was kommt.« Er grinste breit. Das war auch schon früher seine Art gewesen.
»Ich kann mich an nichts erinnern«, meinte ich zu ihm. »Ich weiß nur noch, dass ich bei der komischen Post in der Dithmarscher war und auf dem Rückweg noch einen Kaffee im May trinken wollte. Danach ist alles weg.«
»Das ist normal.« Thomas setzte sich wieder »Den eigentlichen Tod vergisst man immer. Ist vielleicht auch besser so. Warum magst du diese Viecher da eigentlich so gerne?« Er zeigte wieder in Richtung der Gargoyle.
»Bitte?«

»Du hast sie schließlich als Wächterform ausgesucht. Es muss ja einen Grund haben.«

Bevor ich antworten konnte, sprach er bereits weiter: »Warum hast du eigentlich nicht auf deinen Begleiter gehört? Die geben an sich doch immer Tipps.«

Er schien eine Affinität für *eigentlich* zu besitzen. Aber was er mit den *Begleitern* meinte, blieb mir schleierhaft.

»Nun, Begleiter«, fügte er auf meinen eigentümlichen Gesichtsausdruck hinzu, »sind die, die uns ... begleiten.«

Hervorragend erklären konnte er auch.

»Sie kommen von da, wo du hingehen wirst. Und werden bereits wieder dort sein, wenn du zurückgehst. Also, so wie jetzt. Du hast immer einen um dich. Sie sind Teil von dir und mehr als das. Meistens ist es jemand, den du zwar kennst, aber nie dafür halten würdest.«

»Dich zum Beispiel«, meinte ich süffisant und stand auf.

Er ignorierte den Spott und brabbelte weiter. Ich hörte nicht mehr hin. Etwas hatte sich bei den Gargoylen verändert. Sie waren vorher nur unifarben grau. Jetzt sahen sie eher nach ocker und irgendwie grobporiger aus.

»Deine Katze zum Beispiel, sie könnte ...«, verstand ich noch, als ich losging, um mir das genauer anzuschauen.

Die Kreaturen hatten sich tatsächlich verändert. Sie fingen an zu schmelzen. Ihre Schnauzen bogen sich nach unten durch und die Hörner krümmten sich zu schwarzen Schneckenhäusern zusammen. Es knackte, als der Schwanz des rechten Tieres abbrach und zu Boden polterte. Auch verströmten sie einen fauligen Gestank. Ich musste ein paar Schritte zurücktreten. Dann fiel der Linke zur Seite. Er war der größere gewesen. Seine Bauchdecke platzte dabei auf, Staub wirbelte hoch. Es erinnerte an die alten Drakulafilme. Die Stelle, an der Christopher Lee von einem Pflock durchbohrt zu Asche (oder wohl eher Gips) zerfiel. Dann begann die Doppeltür auffällig zu knarren. Millimeter um Millimeter öffnete sie sich.

Sollte das jetzt das Ende vom übergangsweisen Ende sein? Ich drehte mich zu Thomas um, aber er war verschwunden.

Ein Schmerz durchzog mich. Es war wie der Schlag mit einer Eisenstange. Ich krümmte mich. Dann noch einer und noch einer. Diese Schläge kamen nicht von außen. In mir schlug es. Mein Herz, wie ich später erfuhr, nahm stampfend seine Tätigkeit wieder auf.

Ich erwachte – und das diesmal wirklich - in einem Krankenhaus. Da ich privat versichert bin, in einem Einzelzimmer. Man hatte mich doch noch rechtzeitig reanimieren können.

Nach ein paar Tagen kam ich wieder nach Hause. Mein Gesundheitszustand hatte sich recht ordentlich stabilisiert. Ich fragte mich, ob alles nur ein Traum gewesen war: Thomas Bojan, der Raum, die Gargoyle und diese ominösen Begleiter. Dank Google erfuhr ich, dass ich nicht der einzige Nahtod erfahrene war, der sich an solch einen Raum zu erinnern glaubte. Auch den Begriff »Begleiter« las ich erstaunlicherweise öfter und auch das mit dem Netzwerk. Mir ging Thomas' letzter Satz mit der Katze nicht mehr aus dem Kopf. Nun, ich besaß eine. Oder vielmehr wohnte bei mir eine. Denn mehr als mich zu dulden tat sie eigentlich nicht.

Eine Weile vergaß ich die ganze Angelegenheit und der normale Alltag holte mich wieder ein. Aber, wie der Zufall oder etwas anderes es wollte, traf ich Sonja wieder. Auch sie kannte ich aus meiner Jugendzeit. Wir hatten uns lange nicht mehr gesehen. Sie war zuerst mit mir und dann mit Thomas zusammen gewesen. Wir unterhielten uns nett und sie erzählte mir, dass Thomas vor ein paar Jahren gestorben sei. Das wusste ich nicht. In welcher Verbindung sie zuletzt zueinander standen, habe ich nicht gefragt; war mir eigentlich auch egal.

Sie besaß ein Foto von ihm. Als ich es anschaute, musste ich mich setzen. Der Thomas auf dem Bild sah etwas jünger aus, aber doch war die Ähnlichkeit mit dem aus dem Korridor frappierend. Wie konnte das angehen? Woher hatte ich das Wissen über sein Aussehen haben können? Hatte der Spinner doch recht? Waren wir alle »vernetzt«?

Seit dieser Zeit jedenfalls fing ich an, meine Katze zu beobachten. Sie benahm sich wie immer und wie sich jede normale Hauskatze eben benimmt. Sie quengelte, wenn sie Milch haben wollte, meckerte über das angeblich minderwertige, aber schweineteuere Fertigfutter und krallte sich mit Hingabe an meinem Bein fest, wenn ich schon im Schlafanzug vor dem Fernseher saß. Und so weiter und so fort.

Aber das, was sie tat, wenn ich nicht hinsah, fand ich viel spannender. Sie belauerte mich. Sie schaute sich verstohlen nach mir um und dachte wohl, ich merkte es nicht. Aber ich merkte es wohl. Sollte Thomas auch in diesem Punkt recht behalten haben? Ist mein vollkommen harmlos wirkender Haustiger ein sogenannter *Begleiter*? Ein Wesen aus dem Jenseits oder einer wie auch immer gearteten Zwischenwelt? Nun, mit mir darüber reden wollte sie jedenfalls nicht. Ich habe es ein paar Mal probiert.

Auch finde ich, dass ihre grundsätzliche Hilfsbereitschaft mir gegenüber eher schwach ausgeprägt ist. Und an irgendwelche Warnungen oder Hinweise kann ich mich schon gar nicht erinnern. Mein Psychiater nennt das »Posttraumatischen Stress aufgrund einer Nahtod-Erfahrung« und hält mich wohl für bekloppt. Möglich, dass er recht hat.

Jedoch irgendetwas ist schon dran an Thomas' Worten. Ich kann es nicht beweisen, aber ich sehe meine Katze seitdem mit anderen Augen. Und sie mich glaube ich auch.

Krausestraße

Der Bus musste scharf bremsen. Wieder einer dieser militanten Radfahrer, die rot für eine Ausprägung von grün hielten. Aber Jochen Albers wollte sich nicht aufregen. Nicht heute, an diesem speziellen Tag. Er fühlte sich ganz entspannt. Früher hatte er sich das immer nur eingeredet – trotz des Hörens diverser Meditations-CDs von Oliver Shanti bis Deuter. Aber heute stimmte es tatsächlich; er war entspannt.
Eine ganze Armada von Polizei- und Feuerwehrwagen raste mit Blaulicht und Martinshorn an seinem Bus vorbei. Da musste es irgendwo richtig gerumst haben. Wie gestern im Fernsehen. Bei der Sache mit dem, der seinen Schniedel in die Kameras gehalten hatte. Mannomann, wäre ihm das peinlich gewesen, dachte Jochen. Ob der Kerl Ärger deswegen bekommen hatte? Oder einen Orden? Illegal war das ja nicht. Oder doch, wegen Erregung öffentlichen Ärgernisses? Besonders groß war die Erregung des Ärgernisses aber nicht gewesen. Er musste ein bisschen gehässig grinsen. Wahrscheinlich dann doch eher Orden.

Auf dem Bahnhof

Es geschah an einem Donnerstag, einem nieseligen und unangenehm kalten Tag im Herzen des Februars. Ich fuhr nicht wie sonst mit dem Fahrrad zur Arbeit, sondern benutzte den Öffentlichen Personennahverkehr. Keine gute Wahl, wie sich herausstellen sollte.

Die S-Bahn hielt nach sieben Stationen in einem ebenso verdreckten wie öden Bahnhof. Müde und verschlafen stieg ich aus, zusammen mit einer Heerschar anderer müde und verschlafen aussehender Mitmenschen. *Der Club Dumas* hatte mich die Zeit etwas vergessen lassen. Jetzt lag das Buch von Pérez-Reverte wieder im Rucksack, neben der Stempelkarte und dem Portemonnaie. Meine Füße trugen mich den Bahnsteig hinunter, vorbei an verhungert aussehenden Junkies und trinkenden alten Männern. Es war wie immer, wenn ich mit der Bahn fuhr. Doch plötzlich wurde alles in mir hellwach; Schüsse dröhnten durch die Eingangshalle, vielleicht 200 Meter oder weniger von mir entfernt. Ich hörte erstickende Laute, wieder Schüsse und dazwischen lautes Gebrüll in einer kehligen Sprache.

Die Menschen um mich herum waren in ihren Bewegungen erstarrt. Eine ältere Büroangestellte würgte ein paar Mal und übergab sich dann neben mir. Drei vielleicht 15-jährige Mädchen arbeiteten sich verschreckt am Touchscreen ihrer Mobiltelefone ab. An ihnen vorbei hechteten zwei Kerle die Treppe hoch. Einer hinterließ eine veritable Blutspur. Weiter oben stieß er grob eine

Frau um. Sie strauchelte und stürzte. Ihr Fuß stand danach in einem sonderbaren Winkel zum Unterschenkel. Der eine der beiden Männer schien aus ärmlichen Verhältnissen zu stammen, seine Beine steckten in Hosen, deren Gesäßtaschen in Höhe der Kniekehlen endeten. Sie war ihm offensichtlich viel zu groß. Der andere hatte eine dunkle Hautfarbe und trug, sofern ich das richtig beobachtet habe, ein überdimensionales Goldkreuz. Sie rannten weiter die Treppe hoch bis auf den Bahnsteig. Dort konnte ich sie nicht mehr sehen. Kurze Zeit später hörte ich das Piepen von zugehenden Waggontüren und das Rumpeln einer losfahrenden S-Bahn. Ob sie darin saßen, vermochte ich nicht zu sagen. Gut möglich, dass sie sich noch auf dem Bahnsteig befanden oder längst über die Gleise geflüchtet waren.

Was sollte ich tun? Ginge ich zurück auf den Bahnsteig, würden die Typen da vielleicht noch stehen und bei hinreichendem Pech meinerseits auch noch auf mich schießen. Etwas von dem Erbrochenen der Büroangestellten – ich nahm an, dass sie eine war, obwohl sie auch durchaus in einem Bio-Laden hätte arbeiten können – berührte die Sohlen meiner Schuhe. Fand ich nicht so gut.

Von den Mädchen monierte eines, dass der Akku ihres Telefons leer gelaufen sei. Bei der anderen war dies hörbar leider nicht der Fall. Ich entschloss mich, den Bahnhof durch die Eingangshalle zu verlassen. Nun bin ich, und das möchte ich an dieser Stelle einmal erwähnen, kein sehr mutiger Mensch; im Gegenteil. Ich wurde erst gestern vor die Situation gestellt, dass einer in der U-Bahn rauchte. Mich als gewordener Nichtraucher störte das schon. Aber aufgrund seiner sichtbaren körperlichen Überlegenheit habe ich wie alle nichts gesagt und mich in die am weitesten entfernte Ecke des Abteils verdrückt. Soviel dazu. Und trotzdem sollte es heute zu einer Begebenheit kommen, bei der ich den Mut finden würde, meinen Penis, der nicht gerade über Überlänge verfügt, für die für mich einzig richtige Entscheidung einzusetzen und damit meinem primären männlichen Geschlechtsmerkmal einen Bekanntheitsgrad angedeihen zu lassen, den ich selbst vermutlich nie erlangen werde. Aber dazu später mehr.

Hier auf den Treppenstufen wollte ich nicht bleiben und zurück mochte ich auch nicht. Ein paar Schritte neben mir lag diese verletzte Frau. Ihr Knöchel war zu einem Ballon angeschwollen. Sie stöhnte. Doch bevor ich gezwungen wurde, zu helfen, bahnte sich die ältere Büro- oder Bioladenangestellte einen Weg zu ihr. »Ich bin Ärztin, lassen sie mich vorbei!«, rief sie. Nun gut, dachte ich, dann kann ich ja weiter.

Kurz hinter dem Treppenabsatz begann die Bahnhofshalle. Um sie einsehen zu können, musste man um eine Kehre im Winkel von 90 Grad gehen. Ein mulmiges Gefühl machte sich in mir breit. Gedanklich würgte ich wieder den sich wehrenden grüngelben Ochsenfrosch im Halse herunter. Meine Füße wollten im Gegensatz zu meinem Verstand nicht weiter als bis hierher gehen. Ein Junkie schob sich an mir vorbei. Seine Augen lagen tief in den Höhlen. Er roch streng. In verwaschener Kapuzenjacke kam noch ein Zweiter hinterdrein. Seine Hände steckten in den Resten eines schmutzig-weißen Verbandes und sein Hals war mit Ekzemen übersät, die im kalten Kunstlicht merkwürdig glitzerten. »Lass mal durch, ey«, nuschelte der mit den eitrigen Gebilden und stülpte sich die Kapuze über den Kopf. Dann waren er und sein Kumpan auch schon hinter der Biegung verschwunden. »Scheiß'ndreck!«, grummelte ich zu niemand Bestimmtem. Dann trat auch ich um die Kehre herum.

Was ich zu sehen bekam, war zuerst einmal nichts. Vor mir befand sich dicht an dicht eine Wand aus Mänteln und Jackenrückseiten. Alle dazu gehörigen Köpfe waren auf den Boden gerichtet. Überall war leises Gemurmel zu hören. Wie gesagt, ich bin nicht sehr mutig, aber neugierig schon. Ich begann, mich durch die Phalanx aus Rückseiten zu wühlen, um auch zu sehen, was alle anderen sahen. Und ich sah auf einmal sehr viel. Jeder, der mich kennt, weiß, dass ich mit drastischen Details eher zurückhaltend bin. Aber das, was mich dort erwartete, war von solch widerlicher Art, dass ich auch schon, um mich selbst zu entlasten, die Szenerie in aller Deutlichkeit beschreiben muss:

Auf dem Boden, kaum drei Schritte entfernt, lag tot ein Mann. Große Löcher verunzierten seinen Oberkörper, Blut sickerte immer noch daraus hervor. Das halbe Gesicht samt Unterkiefer fehlte. In seinem Umfeld befanden sich noch drei weitere Leichen, bis auf die noch vorhandenen Kiefer alle in ähnlichem Zustand. An dieser Stelle möchte ich einen kleinen Gedankenweg zurück zum Beginn meiner Erzählung einfügen, wegen einer nicht unwichtigen Kleinigkeit, die ich vorhin zu berichten vergaß: Ich bin nämlich davon überzeugt, dass die beiden Kerle, die vorhin so eilig die Treppen hinaufgestürmt sind, in ihrer beruflichen Tätigkeit dem Drogenverkauf nachgehen. Woher ich das meine zu wissen? Nun, Dealer sind in dieser Gegend nicht gerade selten und sie haben scheinbar alle denselben Schneider. Und auch die Gestalten, die jetzt vor mir in ihrem eigenen Blut badeten, bezogen sichtbar aus dieser Quelle. An ihren Handgelenken baumelten klotzige Uhren und geschmacklose Armbänder aus zentimeterdickem Gold – oder etwas, das wenigstens aussah wie welches. Zwei von ihnen hatten eine dunkle Hautfarbe. Die beiden anderen stammten vermutlich aus dem arabischen Raum. Man brauchte nicht der Hellste im Kopf zu sein, um sich ausmalen zu können, dass hier eine Unstimmigkeit zwischen zwei, sich nicht wohl gesonnenen Drogenbanden ausgetragen worden war.

Meine Sympathie für Personen, die den schleichenden Tod und vor allem auch noch wissentlich verkaufen, hält sich doch in arg engen Grenzen. Daher war ich auch nicht gerade unfroh, dass sich die Frage nach gegebenenfalls zu leistender Erster Hilfe ganz offensichtlich nicht mehr stellte.

Auf der Erde in unmittelbarer Nähe lagen Mengen verbogener Projektilhülsen. Ohne Unterkiefer trug noch die Waffe in der Hand. Am äußeren Rand des Kreises, den die Menge um die Männer gezogen hatte, sah ich Dutzende kleiner Beutelchen aus durchsichtigem Plastik. Sie waren angefüllt mit irgendetwas Weißem; vermutlich Heroin oder Kokain. Unterscheiden kann ich diesen Mist sowieso nicht, war außerdem auch zu weit weg davon, um den Inhalt klar erkennen zu können. Und selbst wenn ich direkt davor gestanden hätte: Durch die Verkrümmung meiner Hornhäute kann ich trotz Brille nicht sonderlich gut sehen. Aber ich schien nicht der Einzige zu sein, dem diese Beutelchen auffielen, denn die mittlerweile zahlreich vertretenden Drogensüchtigen wurden auffallend nervös, tickten einander an und nickten verstohlen in die Richtung der Tütchen.

Drei Polizisten erschienen. Zwei ältere männliche und eine Frau mittleren Alters. Ihrer Körperhaltung und Gestik nach musste sie die Leiterin des Trios sein. Sie zeigte mit dem Arm ungefähr in meine Richtung, wedelte ein paar Mal mit den Händen herum und verschwand dann ebenso plötzlich, wie sie gekommen war. Einer der Polizisten verblieb am Tatort – ich nehme an, dass das jetzt die korrekte Bezeichnung für die Eingangshalle des Bahnhofes ist. Der andere holte ein Absperrband.

Ein paar Minuten später.

Der Ort war abgesichert, die Waffen eingesammelt, die Passanten einige Meter zurückverlagert und die Polizei der Auffassung, die Sache unter Kontrolle zu haben.

Ich stand, wie viele andere, hinter der Absperrung und harrte der Dinge, die da wohl noch kommen mochten. Unter dem Körper des Kieferlosen war inzwischen ein ansehnlicher See aus Blut und hellrotem Gewebeteilchen angewachsen. Dazwischen schwammen weißliche Stücke. Die Lache schien drauf und dran, sich mit denen seiner toten Berufskollegen zu vereinigen.

»Gestern gegen Unterhaching, das war doch wohl nix, oder?«, meinte einer der Polizisten zu seinem Kollegen. Die beiden befanden sich innerhalb der Absperrung.

»Nö, Dieter, war nix. Ich mein, die hätten Scharenbroich aufstellen sollen.«

»Was, Scharenbroich? Quark!«

»Wieso? Scharenbroich war spitzenmäßig letztes Spiel gegen Werder.«

»Mensch, Dieter, was du unter spitzenmäßig verstehst ... Ach noch was: Korinna ist wieder schwanger, wird also nichts im Sommer mit dem neuen Audi.«

»Tut mir leid, das mit dem Wagen, meine ich.«

Ich konnte der Konversation der beiden leider nicht länger folgen, da plötzlich ein neuer Polizeibeamter erschien, mit drahtigen Schritten die Freifläche durchquerte und einen der beiden – es war der, der nicht Dieter hieß – nach oben zu den Bahngeleisen hin abkommandierte. Mir fiel auf, dass die Süchtigen sich sonderbar still verhielten. Ganz so, als würden sie versuchen, nicht aufzufallen und mit der Masse zu verschmelzen. Aber sie waren da und unbemerkt von mir und dem Rest schoben sie sich in die Nähe des für sie vermeintlich Trost spendenden Giftes.

Dann geschah alles wie in einer Bewegung. Oben auf dem Bahnsteig bellten Schüsse los. Eine andere Waffe antwortete. Schreie. Dann eine ganze Salve von Schüssen verschiedener Lautstärke. Befehle wurden gebrüllt. Nochmals knallte es. Eine Frauenstimme erhob sich, verstärkt durch ein Megafon, und forderte irgendwen auf, irgendetwas sofort fallen zu lassen.

Dass die Typen doch noch auf dem Bahnsteig gewesen waren, überraschte mich schon ein wenig. Gut, dass ich nicht nach oben gegangen war. Dieters Funkgerät quakte auf. Er zog es aus der oberen Innentasche seiner Jacke, sprach hinein und ging dabei ein paar Schritte. Dann piepsten zwei Mobiltelefone gleichzeitig. Geraune entstand. Viele Leute holten ihre Handtelefone aus den Taschen hervor und legten sie dann ein wenig traurig wieder zurück, da sie nicht zu den Glücklichen gehörten, die angerufen worden waren.

Ich kann nicht sagen, wie viele Drogenabhängige mittlerweile um die Umzäunung herumstanden, aber es waren nicht wenige. Die Überzahl der Passanten der ersten Stunde war gegangen und ihr normaler Arbeitsalltag hatte sie längst wieder eingeholt. Diese freien Stellen besetzten nun sie, die Junkies. Ich glaube, es mussten weit mehr als zwanzig von ihnen gewesen sein. Mir gegenüber, auf der anderen Seite der Absperrung, saßen und kauerten die meisten. Dort befand sich auch das Rauschgift. Von weitem näherte sich ein Fernsehteam, gut an den Stativen der Kameras und den langen Rohren, an deren Ende Scheinwerfer saßen, erkennbar.

Andere Polizisten als Dieter, der gerade in sein Funkgerät sprach, konnte ich im Augenblick nicht erkennen, aber bei dem vielen Blaulicht mussten sich draußen noch eine ganze Menge von ihnen herumtollen. Und dieser eine – Dieter Wehmeier, wie er vollständig hieß –, abgelenkt durch das Raunen der Menschen, die ihr Telefon gerade wegsteckten, übersah die blutige Pfütze direkt vor ihm. Er glitt aus und schlug hart mit dem Kopf auf den Beton. Die Menge schreckte auf. Einige Passanten versuchten, dem Beamten zu helfen. Doch ob er verletzt, tot oder bewusstlos war – wer wusste das schon. Alles ging so verflucht schnell. »Lassen sie mich durch, ich bin

Ärztin!« Schon war die Bioladenangestellte vor Ort und begann mit der Untersuchung.

Doch noch etwas passierte. Die bisher fast teilnahmslos herumstehenden Abhängigen gruppierten sich zu einem Halbkreis. Einige bückten sich bereits und hoben etwas auf. Um meine nachfolgende Handlung begreiflich zu machen, muss ich beschreiben, was in diesem Augenblick geschah, der für mich eine unvorstellbare Länge besaß, in dem alles quasi in Zeitlupe ablief: Ich sah diese verhungerten Figuren langsam zu Boden gehen, sah, wie ihre Finger sich um die transparenten Beutelchen schlangen und ich dachte: "Nein!" Was diese Menschen brauchen, ist Hilfe und kein mieses Heroin von noch mieseren Dealern! Irgendwelche Polizisten konnte ich in diesem Lidschlag meiner Lebenszeit nicht ausmachen. Also tat ich das, was mir in dieser Situation richtig und gut erschien: Ich sprengte den Kreis und zertrat jedes Beutelchen, dessen meine Füße habhaft werden konnten. Die Junkies drängelten und schubsten mich nach Leibeskräften, doch für die meisten Tütchen war es bereits zu spät; sie lagen zerbröselt auf dem Boden und das weiße Pulver waberte wie Staub um sie herum. Doch bevor vielleicht jemand auf die Idee käme, das Zeugs vom Boden aufzukratzen, öffnete ich die Knöpfe meiner Hose und vernichtete mit dem Inhalt meiner Blase auch diese letzte Möglichkeit.

Ich glaube, es erübrigt sich noch zu erwähnen, dass genau diese erleichternde Tätigkeit von einem Fernsehteam eines bekannten lokalen Senders gefilmt und dann – natürlich mit schwarzen Balken um die pikante Stelle versehen – in den 18.30 Uhr-Nachrichten gezeigt wurde.

Dehnhaide

Jochen Albers gähnte. Demnächst würde ein neuer Blockbuster anlaufen. Die Plakate hingen quasi überall. *Großangriff der Pantoffeltierchen* lautete der wenig distanzierte Filmtitel. Ein unförmiges, haariges Etwas war darauf zu sehen, das sich gerade über ein Wohnhaus hermachte. »Na dann: Guten Appetit«, murmelte Jochen halblaut. Auf ihn als Zuschauer würden sie aber wohl verzichten müssen.

Paramecium Caudatum

Olaf Knepuk saß in der Küche und schaute aus dem Fenster. Vor ihm stand ein Becher mit Kaffee. Er war lange schon kalt. Eine weißliche Haut hatte sich darauf gebildet. Seinem Kalender zufolge müsste heute der zweite Mai sein. Vielleicht ein schöner Tag. Möglicherweise schien auch die Sonne. Oder auch nicht. Sehen konnte er jedenfalls nichts davon.

»Und das alles wegen dieser verdammten Öko-Terroristen!« Olaf fluchte laut und drehte sich ostentativ vom Fenster weg. Wenn es nicht nach diesen erbärmlichen Gutmenschen und Tierversuchsgegnern gegangen wäre, würde es die Welt, die er kannte, heute noch geben. So beschissen sie auch gewesen sein mochte.

Gut, er hatte Tierversuche auch nie gemocht. Es gab sicher Schöneres als sich Teppichreiniger in die Augen spritzen zu lassen oder mit Lassafieber oder Wundbrand infiziert zu werden. Aber der medizinische Fortschritt verlangte nun einmal seinen Preis. So war das eben, Punkt. Wie es dann tatsächlich zu dem Verbot gekommen war, wusste er eigentlich nicht genau. Nur das es groß in der »BILD« stand. Er hatte den Artikel noch irgendwo herumliegen, wahrscheinlich beim Altpapier.

Aber die Industrie war findig; war sie ja schon immer, und anstatt Mäuse oder Ratten nahmen sie halt Pantoffeltierchen. Waren ja keine Tiere im juristischen Sinn, sondern Einzeller. Paramecium Caudatum lautete ihr wissenschaftlicher Name. Oder zumindest so ungefähr. Er konnte sich diese blöden lateinischen Ausdrucke sowieso nie richtig merken.

Angeblich gehörten sie zu den hübschesten unter den Kleinstlebewesen. Bis zu 0,2 mm lang, ursprünglich nur im Süßwasser beheimatet und ausgestattet mit zwei Zellkernen – einem Duo-Core Prozessor sozusagen. Dazu noch halbtransparent und mit pulsierenden Vakuolen. Ein Vakuol war übrigens nichts Obszönes. So hießen schlicht die Organe bei denen. Aber eines waren die Viecher ganz sicher nicht: schön.

Er konnte das beurteilen. Sie hingen ihm direkt vor der Scheibe. Und das gleich in mehreren Lagen übereinander. Nur die Größe hatte sich geändert. Statt winzig wie Nährwertangaben auf Müslipackungen wuchsen sie praktisch auf Hundeformat. Laut NDR-Info, dem einzigen Sender, den es noch zu geben schien, waren einige Exemplare schon mehrere Meter lang. Wobei der Nachrichtentext auch nur noch aus Wiederholungen bestand. Wahrscheinlich besaßen manche der Dinger mittlerweile die Ausmaße von LKWs.

Die vor seinem Fenster mochten um die 30 bis 40 cm lang sein, also eher noch Halbstarke. Das mit den zwei Zellkernen konnte er mit bloßem Auge gut erkennen – beide immer übrigens unterschiedlich groß. Ebenso sah er ihr Mundfeld, Fressleiste passte eigentlich besser. Und sie fraßen praktisch alles. Vom Silikon der Fensterdichtungen bis zu den roten Blutkörperchen. Letzteres mochten sie am liebsten, wie es hieß.

Aggressiv waren sie eigentlich nicht. Sie ließen sich von oben auf einen herabfallen und saugten ihn dann leer. Gerne des Nachts, dann wehrten sich ihre Opfer wohl weniger. Bei Romsühl, seinem Nachbarn aus dem vierten Stock, hatte er das Ergebnis in natura erleben dürfen. Schön sah das nicht aus. Lediglich eine matschige Hülle war geblieben. Ohne Augen, die mochten sie nämlich auch gern.

Soweit er wusste, war ihr enormes Wachstum nicht geplant gewesen. Die Pharmafirmen hatten sie ursprünglich einfach nur größer machen wollen. Damit ließ sich vermutlich leichter an ihnen herumpulen. Nur hatten sie dann mit dem Wachsen nicht mehr aufgehört. Ein paar mussten ihnen aus den Laboren entkommen sein und hatten ihre genetische Veränderung an sämtliche Brüder und Schwestern weitergeben. Nun waren sie scheinbar alle mit dem Wachstumsschub versehen.

Vor seiner Scheibe verdoppelte sich gerade eines wieder. Ein weiteres Caudatum war die Folge. Genauso groß und hässlich wie sein älterer Bruder. Olaf schnitt eine Grimasse. Dem neuen Mitglied der Gemeinde schien das egal zu sein, es schleimte weiter die Scheibe entlang.

Vom Silikon der Fensterdichtung war nur noch wenig übrig. Die Scheibe erzitterte bei jedem Windstoß. Durch Glas konnten die Dinger nicht, aber sie konnten sich durch die weggefressenen Dichtungen quetschen. Im Schlafzimmer waren sie schon durch und hingen dort zu Dutzenden an der Decke.

Angeblich produzierten die lieblichen Tierchen ein schwaches Toxin, das zu kurzzeitigen Lähmungen führte. Romsühl, und aller Wahrscheinlichkeit nach auch der Rest seiner Nachbarschaft, dürften darüber wohl nähere Informationen besitzen. Nur mitteilen konnten sie sie niemandem mehr. Verdammt, bis zum Mond hatten wir gelernt zu fliegen. Sogar selbstfahrende Autos konnten wie konstruieren – aber gegen renitente Pantoffeltierchen schienen wir machtlos zu sein.

Wobei, vernichten konnte man sie schon. Aber es war schwierig und hatte man eines erledigt, kamen fünf neue dazu. Mit *Domestos* hatte er durchaus ansehnliche Erfolge erzielt. Aber was konnten seine paar Flaschen schon gegen diese Übermacht ausrichten? Abgesehen davon, dass sie jetzt längst leer waren.

Mittlerweile schien auch die Regierung den Kampf aufgegeben zu haben. Armeefahrzeuge oder die komischen weißen Chemieomnibusse hatte er schon seit etlichen Tagen nicht mehr gesehen. Damit war es wohl um die Zukunft der dominanten Spezies Mensch eher schlecht bestellt.

Olaf schaute in seine Vorratskammer. Eine verwaiste Dose Ravioli stand da, neben einer Packung H-Milch. Er nahm beides heraus. Er wollte den Schrank gerade schließen, da sah er oben rechts die kleine, dunkle Stelle. Sie glänzte nass. Er wischte mit dem Finger darüber. Eindeutig Schleim. Der Schleim kam immer zuerst. Darauf bewegten sie sich. Das bedeutete, dass sie sich schon irgendwo durch die Leitungen gefressen haben mussten oder gleich durchs Mauerwerk. »Scheiße!« Er verbarrikadierte notdürftig den Schrank. Nützen würde das wenig, das war ihm schon klar. Aber ihn offen stehen zu lassen, hielt er auch für keine Alternative.

Olaf setzte sich wieder. Er öffnete die Ravioli und ohne größere Umstände schaufelte er sich den Inhalt kalt hinein. Zum Schluss kippte er noch einen großen Schluck Milch hinterher. Seine Henkersmahlzeit hätte er sich irgendwie opulenter vorgestellt. Dann hörte er dieses Schaben. Er kannte das Geräusch. Die Dinger produzierten es, wenn sie über die Scheiben schleimten. Aber dieses Schaben war anders, es klang näher. Eines der Viecher musste bereits im Zimmer sein!

Zuerst sah er nichts. Erst als er die Küchenbank zur Seite wuchtete, konnte er darunter die zwei sich windenden einen halben Meter großen Mistviecher erkennen. Entsetzt wich er bis zur Zimmertür zurück. Linker Hand befand sich der kleine Hängeschrank mit den Gewürzen. Wie im Wahn riss er die Türchen auf und warf mit allem, was er greifen konnte. So flogen Gläschen und Packungen mit Oregano, Basilikum, Salz, Nelken, Muskatnuss, Lorbeer und Salat-Fein (italienische Art) auf die Gallertmonster. Allein, es machte ihnen nichts.

Bis auf Paprika und Currygewürz, das er übersehen hatte, war das Schränkchen nun leer. In seiner Verzweiflung nahm er auch diese letzten Gläser und wollte sie werfen. Aber die Deckel waren nicht zugedreht – etwas, das er gerne vergaß. Nur Pulver verstreute sich über seine Angreifer. Wenn Olaf nicht solche Angst gehabt hätte, hätte er laut aufgelacht. So lachte er auch, aber es klang unpassend.

Wollte er nicht auch noch die Küche an die Dinger verlieren, musste er sich möglichst bald etwas einfallen lassen. Nur was? Die beiden Pantoffeltiere kamen immer näher. Ihre Nesselhaare – auch Wimpern genannt – schoben sie langsam, aber bestimmt auf ihn zu. Sie waren nur noch einen knappen Meter von ihm entfernt. Doch dann geschah etwas Unerwartetes: Dort, wo sich Curry- und Paprikapulver zufällig auf den Tieren vereinigten, entstanden Blasen und hauchfeiner Qualm stieg auf. Die gallertartige Haut wurde rot, dann dunkel und zog sich sichtbar zusammen. Es hatte etwas von einer Weintraube, der man im Zeitraffer das Wasser entzog. Dann erlahmten die Bewegungen und hörten schließlich ganz auf. Die Wesen starben.

War das die Rettung? Eine banale Verbindung aus Paprikapulver und Curry? Ohne lange zu überlegen, griff Olaf sich einen Fensterreiniger mit Zerstäuber. Er kratzte ein bisschen von den reichlich übrig gebliebenen Gewürzresten vom Boden auf und füllte das ganze mit Wasser auf – der Dosierbarkeit wegen. Danach begab er sich ins Schlafzimmer. Nun würde sich die Belastbarkeit sein Beobachtungen erweisen.

Als er fertig war, kam er sich vor wie Arnold Schwarzenegger in »Phantom-Commando« oder wie Ash mit der Kettensäge in »Evil Dead«. Wobei man von Letzterem zumindest in der deutschen Fassung eher wenig zu sehen bekommen hatte. Wie auch immer, der Fußboden bestand nunmehr aus einer einzigen glibberigen Lache. Von den Hunderten von Pantoffeltierchen war außer

Schleim und dunklen schlangenähnlichen Gebilden nichts mehr geblieben.

Olaf atmete schwer aus. Er war körperliche Arbeit einfach nicht mehr gewohnt. Hatte die Menschheit durch ihn doch noch eine Chance, eine letzte? Der Mai als Monat der Hoffnung kam ihm in den Sinn. Vielleicht war ja doch etwas dran? Jedenfalls, wenn alle von seiner Entdeckung erführen, würden diese ganzen verdammten Parameciumse – oder wie auch immer sich ihr Plural bilden mochte – in die Hölle zurück gejagt werden, aus der sie gekrochen gekommen waren!

Doch wie sollte er das anstellen? Netzempfang gab es schon seit Tagen nicht mehr. Selbst nicht mit alten Nokia-Handy. Vielleicht existierten noch Polizeistationen oder Armeestützpunkte? Eher unwahrscheinlich. Und die Radiostationen sendeten ja auch nur noch vom Band, wenn überhaupt. Dennoch einen Versuch wäre es wert.

Olaf hatte noch ein bisschen mit sich gerungen, aber nun war er bereit. In Wintermantel, Schal und Wollmütze und in beiden Händen jeweils einen Zerstäuber haltend, stand er direkt hinter der Wohnungstür. »Ersatzmunition« befand sich ausreichend in einem Rucksack auf dem Rücken. Dank der Erfahrungen im Schlafzimmer wusste er, dass schon wenige Körnchen der Curry-Paprika-Essenz ausreichten, um den Monstren den Garaus zu machen. Ihm war im Mai natürlich auch nicht wirklich kalt, aber er hoffte, durch die dicke Kleidung den möglicherweise vorhandenen Toxinen der Wesen besser entgehen zu können.

Dass das Treppenhaus voll von ihnen war, wusste er natürlich. Aber auch wenn nicht, ihr Schaben konnte er schon hinter der geschlossenen Wohnungstür gut hören. Als er die dann Türe mit einem Ruck aufriss, stellten sich seine schlimmsten Befürchtungen als noch zu harmlos heraus. Wadenhoch quollen ihm die Leiber entgegen.

Der ganze Boden war bedeckt von ihnen. Mehrfach übereinander lagen sie. Madengleich wanden sie sich und drehten ihre hässlichen Mundfelder ihm zu. Dann noch die Legionen an der Decke ... Zweimal musste Olaf wieder zurück, um neu zu »laden«. Aber dann war er durch. Und ja, fast hätte er es auch geschafft. Und vielleicht hätte die Menschheit durch ihn doch noch eine Chance erhalten, denn es gab tatsächlich einen Armeestützpunkt ganz in der Nähe. Und der war auch noch in Funktion. Aber fast ist eben nur fast.

Letztlich scheiterten Olafs Pläne an den Toxinen. Seine Informationen bezüglich ihrer Wirkung waren recht ungenau. Es gab sie tatsächlich, das hatte er schon richtig gelesen, und in kleinen Mengen lähmte das Gift der Pantoffeltierchen auch nur. In seinem Fall aber wäre ihre Wirkung auch bei einem Elefanten letal ausgefallen. Er watete ja quasi in ihren Eingeweiden. Und Schuhe oder dicke Kleidung hielten ihre Sekrete nicht auf Dauer zurück.

Nicht weit vor seiner Haustür erfasste Olaf ein Schwindel. Anders als vorhin im Schlafzimmer verschwand er aber nicht wieder. Ihm wurde schwarz vor Augen und er sank bibbernd zu Boden. Seine Augenlieder vibrierten und ihm war furchbar kalt. Er spürte keine Schmerzen, aber wusste wohl das dies nun sein Ende war. *Wir hätten es schaffen können!*, dachte er noch. *Es schaffen müssen! Wie hätten es doch verdient gehabt zu leben! Verdammt!*

Und während sich sein Selbst in einem langen dunklen Korridor und für immer verlor, entsprang ihm noch diese letzte und absolute Gewissheit eines Kinderreims: **Hätte, hätte, Fahrradkette!**

Und in der Tat, besser lässt es sich kaum ausdrücken.

Biedermannplatz

Ein kleines unscheinbares Mädchen stieg zu. Sie zeigte wortlos ihre Fahrkarte vor und ging weiter nach hinten durch. Für Albers gehörte zu einem jener Gesichtstypen, die er nahezu sofort wieder vergaß. Er hätte in fünf Minuten nicht einmal mehr sagen können, ob sie zu dick, zu dünn oder zu sonst was gewesen war oder was sie angehabt hatte. Hinter ihr stiegen noch drei weitere Passagiere zu, die er ebenso schnell wieder vergaß.

Rumpelnd setzte sich der 171er wieder in Bewegung. Regen platterte nun stärker gegen die Scheiben und hinterließ vom Fahrtwind gezogene Schlieren. Die alte Frau sah zu, wie das Wasser in dicken Tropfen weiter nach unten lief. Sie saß hinten links. Zugestiegen war sie schon in Farmsen, als eine der Ersten. Sie sah das kleine Mädchen umständlich die Fahrkarte in eine Geldbörse verstauen und auf sie zukommen. Und dann, eine Reihe vor ihr, sich hinsetzen. Die Alte verspürte einen heißen Stich in der Nierengegend. Ihre Gabe, sie meldete sich wieder. Sie verzog das Gesicht und drückte ihre Hand gegen die Stelle. Das half meistens etwas, aber nie ganz. Ihre Gabe, oder man sollte es wohl eher Last nennen, war mitunter eine ziemlich schmerzhafte Angelegenheit. Und auch sonst nichts, worauf sie besonders stolz gewesen wäre, oder was sie sich freiwillig ausgesucht hätte. Sie war in der Lage – manchmal – in die Zukunft eines Menschen sehen zu können. Und das, ob sie wollte oder nicht. Damit unterschieden sich ihre Visionen deutlich von Horoskopen oder Weissagungen a la »Bild der Frau«

oder jenen aus dem Astro-Fernsehen. Das, was sie vorher sah, trat nachher tatsächlich ein. Nicht immer, aber wohl doch oft. Und dieses kleine Mädchen da, hatte in ihrer Zukunft eine ziemlich miese Zeit vor sich: Ihr Vater würde die Familie verlassen, ihre Mutter nach jahrelangem Drogenmissbrauch ins Koma fallen und sie selbst käme in ein Heim. Und dort sah es auch nicht rosig aus.

Nein, tauschen mit ihr mochte sie nicht. Oder doch? Sie war sich uneins. Das kam selten vor. Es gab noch ein paar andere Aspekte in dieser Zukunft. Da war noch ein Mann, ein netter, ein Motorrad und so etwas wie ein Leben nach der Trauer. Vielleicht war es alles in allem doch nicht nur unschön. Ein wenig ratlos blickte sie wieder aus dem Fenster und folgte erneut den langen Schlieren, die die Schauer hinterließen.

Was sie wahrgenommen hatte, lässt sich in etwa wie folgt niederschreiben, auch wenn das natürlich nur ein ungenaues Abbild ihrer Gedanken wiedergibt:

Virago

Geschichten beginnen an den ungewöhnlichsten Orten. Einige in der Vergangenheit, andere in der Zukunft und manche auch schlicht am Anfang. Diese hier beginnt im Jahre 2027 in einem Hamburger Straßencafé mit angeschlossenem Barbetrieb.

Es war ein durchweg durchwachsener Tag gewesen; Sonne und Wolken im Wechsel, auch mal auch ein Regenschauer dazwischen. Im Moment hatte die Sonne gerade Oberhand, doch das musste nicht von langer Dauer sein. Das Café hatte seit einigen Stunden schon geöffnet, aber es waren noch nicht allzu viele Gäste da.
Eine Frau in Motorradkleidung betrat das Lokal. Etwas unentschlossen schlenderte sie zu einem freien Tischchen im Inneren, die sich um einen Tresen herum gruppierten. Sie trug eine dunkle Lederkombi. Draußen am Straßenrand, unweit der Eingangstür, parkte ihr Motorrad. Es handelte sich um eine ältere Chopper mit Chrom, Stahl und einem der nicht mehr neu zulassungsfähigen Verbrennungsmotoren. Der Hitze zufolge, die Motor und Krümmer noch immer ausstrahlten, musste sie eine längere Strecke gefahren sein. Eine Satteltasche hing links und eine auf einen Hubbel reduzierte »Sissybar« rundete das Bild nach hinten hin ab.
Im glänzenden Chrom der Auspuffrohre spiegelten sich die Beine der Vorbeigehenden, aber für filigrane Einzelheiten hatte der dürre Mann am Tresen keine Augen. Nach einer Weile erhob er sich, nahm sein Bierglas und schlenderte geradewegs zu der Frau hinüber. »Da

draußen«, er zeigte mit den Fingern in die ungefähre Richtung, »das ist doch eine *Harley Davidston, oder?*«

»Davidson, heißt das, nicht Davidston«, gab die Frau nicht besonders freundlich zur Antwort. »Und nein, es ist eine *Virago* und sie ist von Yamaha.« Mehr beiläufig sprach sie und ohne dabei den Blick von der Bestellkarte zu nehmen. Er blieb weiterhin neben ihr stehen.

»Die ist schon alt, oder?«

Die Frau, Lisa hieß sie, mochte den Mann nicht, außerdem verströmte er saure Luft. »Es ist eines der Letzten der V8er«, gab sie knapp und auch ein wenig schnippisch zurück.

»Häh?«

»Das war ein Filmzitat ... Um Ihre Frage zu beantworten: Ja, es ist eine der letzen regulären Maschinen, Baujahr 2003. Warum wollen Sie das wissen?« Sie sah ihn dabei erstmalig an. »Sie sehen nicht aus, als wenn sie schon einmal auf einem Motorrad gesessen hätten.«

»Ah, ich sehe also nicht wie ein gestandenes Windgesicht aus, wie?« Er lachte und nahm einen weiteren kräftigen Schluck. »Aber wie, mein schönes Fräulein, sehe ich denn dann aus?« Er grinste breit. Eine Zahnlücke und ein schiefer Schneidezahn taten sich auf.

Es wäre besser für den Mann gewesen, dem seine Eltern die poetischen Vornamen Huobert Eugen gegebenen hatten, nicht zu fragen. In Lisas Gesichtszügen spiegelte sich eine gewisse Gereiztheit, die aber von ihm scheinbar unbemerkt blieb – oder ignoriert wurde.

»Wie Sie aussehen, wollen Sie wissen? Wirklich?«

Er nickte und griente noch eine Spur breiter. Die Zahnlücke besaß noch einen Bruder auf der linken Kieferseite.

»Gut. Lassen Sie mich mal überlegen ...« Sie spitzte die Lippen, tippte mit dem Zeigefinger dagegen. »Ja, ich denke, Sie sehen aus wie jemand, der eine Frau nur deshalb nach ihrem Motorrad fragt, weil er darin eine Möglichkeit sieht, auf ihre Titten und ihren Arsch zu starren und sich dabei vorstellt, wie es denn wäre, sein kleines verkrüppeltes Ding in ihre Möse zu stopfen. Ja, so denke ich, sehen Sie aus.« Danach drehte sie sich ostentativ weg und studierte weiter die Bestellkarte.

Huobert Eugen fiel die Kinnlade nach unten. Aber sie hatte nicht unrecht. Mit seinem stechenden Blick und den zu eng stehenden Augen sah er wirklich ein bisschen so aus. Hinter dem kleinen, viel zu untergewichtigen Mann war inzwischen ein Kellner erschienen. Er lächelte verlegen und traute sich kaum, etwas zu fragen. Lisa bestellte ein Kirscheis mit Sahne und dazu einen Cappuccino ohne Süßstoff (wegen der Krebsgefahr), aber dafür mit unraffiniertem Zucker. Huobert zahlte wortlos und verließ dann puterrot das Café, das für ihn eher eine Kneipe war. Er würde es nie mehr betreten. Auch schon deshalb nicht, weil er derart in Gedanken über das eben Erlebte, einen Transporter übersah, und wenige Tage darauf an den Folgen dieses Unfalles, noch im Koma liegend, seinen zahlreichen Verletzungen erlag.

Das Eis schmeckte nach Gummi, passend zu den Kirschen, aber der Cappuccino holte alles wieder raus. Er war wirklich lecker. Nachdem sich ihr Puls und auch ihr allgemeiner Zustand wieder ein wenig beruhigt hatten, fand sie die Muße, das zu tun, weshalb die meisten Menschen ein Etablissement dieser Art betraten; nämlich, um Leute zu beobachten. Lisa machte da keinen Unterschied. So las, leicht versetzt am Tischchen neben ihrem, eine ältere Dame in einer Zeitschrift. Es war eine Ausgabe der *Gala* aus dem Jahre 2015, wohl ein Nachdruck. Hinter ihr knutschte wie wild ein Pärchen und dahinter, sie verrenkte ihren Kopf, um ihn zu sehen, saß wiederum ein Mann. Auch er schaute zu ihr herüber. Oh, nein, nicht schon wieder einer von der Sorte, dachte sie und ignorierte ihn fortan einfach.

Das Interieur hier gefiel ihr. Es war eine entspannte Mischung aus 80er-Jahre-Stil des vorangegangen Jahrhunderts – klare Linien, viel Metall, Kunststoff – und andererseits ein bisschen Verwegenes einer Havannabar mit unbearbeitetem Holz im Tresenbereich. Dazu gab es noch die Landkarte vom ehemaligen Kuba, die auch sonst in fast jedem Szene-Lokal zu finden war, nebst dem unvermeidlichen Che-Bild. Daneben, vermutlich als Kontrast, das berühmte Poster von George W. Bush nach dem Kriegsverbrecherprozess von Den Haag.

Der Mann drei Tische weiter schaute noch immer zu ihr. Nicht so penetrant wie der Typ vorhin, aber trotzdem, sie bemerkte es. Wieder zwang sie sich, ihre Blicke schweifen zu lassen. An der Wand, wo die Landkarte vom ehemaligen Kuba ... Wieso sagte eigentlich alle Welt immer *Ehemaliges*? Und sie sagte das auch. Warum? Kuba hieß immer noch Kuba, oder etwa nicht? Ein Schatten baute sich vor ihr auf. Er gehörte zu dem Typen, aus der hinteren Ecke. Sie war tief in Gedanken gewesen, hatte sein Kommen nicht bemerkt und erschreckte nun sogar ein wenig, als er ganz plötzlich vor sie trat.

»Kann ich helfen?«, fragte sie schneidend, aber viel zu hastig, um souverän zu wirken.

»Nein. Oder vielleicht doch.« Seine Stimme klang rau. »Ich habe vorhin – versehentlich mehr oder weniger – das Gespräch mit angehört. Und ... nun ja, es geht mich eigentlich nichts an, aber ich wollte sagen, nicht alle von uns sind wie dieser Kerl.«

»Ach ja, wirklich?«, wobei es härter klang, als von ihr beabsichtigt.

»Mein Name ist Hans«, sagte er, ihren scharfen Ton ignorierend und streckte ihr die Hand hin, »und bevor sie mich nach *meinem Aussehen* fragen, ich lebe seit Jahren mit meinem Freund zusammen.«

»Ich bin nicht immer so«, meinte sie und erwiderte den Händedruck. Dann räumte sie den Helm von Nachbarstuhl und bot ihm einen Platz an.

»Ich sah Sie mit dem Moped kommen. Eine Virago hatte ich auch mal. Meine war übrigens schwedischer Grauimport.« Er musste den letzten Teil des Satzes wiederholen, weil vor dem Café gerade ein Krankenwagen im Eiltempo mit Blaulicht und zugeschaltetem Martinshorn vorbeiraste.

»Schön. Und jetzt nicht mehr?«

»Der Zahn der Zeit. Zuerst wollte einer der Vergaser nicht mehr. Ich habe dann einen Flachschieber mit 41er Durchlass verbaut. Originale von Mikuni gibt's ja längst nicht mehr. Dann ging das nächste Teil kaputt und so weiter. Schließlich hab ich sie bei Ebay mehr oder weniger verschenken müssen.«

»Is' verdammt schwer, für die alten Dinger heut' noch Teile zu kriegen. Ich hatte das Problem auch mal mit den Lufthutzen. Und seit die Japaner nun gar keine Maschinen mehr produzieren ...«

»... gibt es nur noch diesen Mist aus Nord Korea«, beendete er ihren Satz. »Und die haben weder ABE noch passen sie.«

»Genau«, meinte Lisa.

Schweigend saßen sie eine Weile da. Lisa trank an ihrem zweiten Cappuccino und Hans, der seinen Macchiato nachgeholt hatte, schlürfte leise aus seinem Glas.

»Ich fand das vorhin sehr mutig von Ihnen«, sprach er in die Stille hinein.

»Mutig? Ich weiß nicht. Nennen Sie mich Lisa. Mutig ...«, sie atmete tief aus, dachte nach. »Nein, mutig war das nicht. Der Kerl tat mir nachher fast ein bisschen leid.« Und um das Thema zu wechseln, meinte sie: »Was machen Sie eigentlich sonst; außer in Cafés fremde Gespräche zu belauschen?«

»Ich?« Hans wurde leicht rosa um die Wangen. »Ich bin Schichtleiter bei Schill-Nockermann in Harburg.« Schichtleiter zu sein, war zwar keine direkt falsche Auskunft, aber auch nicht unbedingt das, was man landläufig unter Wahrheit verstand. Eigentlich betrieb er mit zwei Freunden das Antiquariat *walking dead*, das in der Hauptsache auf unzensierte Versionen von Romeros Untotenfilme spezialisiert war und zudem über ein Schreibbüro für angehende Autoren oder andere nutzlose Lebensformen verfügte. Zum Leben reichte das, was der Laden abwarf, nur selten. Und er hatte oft vor der Frage gestanden, ob er weiterhin nur Dosenravioli und Dauerwurst der Marke Lidl zu sich nehmen und einmal vielleicht Ähnlichkeiten mit gewissen Gestalten der verkauften Filme aufweisen würde oder ob er nicht doch versuchen sollte, Geld zu verdienen. Seine Entscheidung war irgendwann gegen die Dauerwurst gefallen. Wenn´s ihm auch schwergefallen war. Aber seinem Portemonnaie tat´s gut und im Laden war er natürlich trotzdem noch, wenn auch berufsbedingt seltener. »Enttäuscht?«, fragte er, nachdem Lisa zunächst nichts antwortete.

»Nö, wieso«, sagte sie, aber ein bisschen enttäuscht war sie schon. Sie tranken beide weiter. Enttäuscht, dachte sie, wieso soll mich das ... Und warum, ich meine, er ist doch sowieso ... und überhaupt. Und wenn er nur so tut? Dann sah sie seinen abgespreizten kleinen Finger und seinen Blick auf die beiden gut gebauten jungen Männer, die gerade das Café verließen. Ach egal, dachte sie. Eine Spur von irgendetwas nicht zu Erklärendem war jedoch dabei.

»Ich muss weiter, meine Schicht beginnt und die Maschinen wollen beladen werden ...« Sie hatte ganz in Gedanken gar nicht bemerkt, dass er aufgestanden war. »Ich bin morgen zur ungefähr gleichen Zeit wieder hier. Vielleicht sehen wir uns ja, wenn Sie mögen.« Die Jacke hing lässig über der Schulter. Er schenkte ihr ein jungenhaftes

Grinsen und wollte gerade gehen, da fiel Lisa doch noch etwas ein:

»Weshalb sagen eigentlich alle immer *ehemalig*?« Und dann, ergänzend auf seinen ratlosen Gesichtsausdruck: »Na ja, alle Welt spricht von Kuba immer als das Ehemalige. Wissen Sie weshalb?«

Er setzte sich wieder. »Ja, ich denke schon. Kuba wurde nach dem Putsch 2021 zahlungsunfähig und verkauft. Abgewickelt nennt man Derartiges wohl in der Fachsprache. Die neuen Besitzer haben sie in *Dianetica* umbenannt. Ein paar Jahre darauf gab es dann diese berüchtigte Zoonose-Sache mit dem DN-01.

»DN-01. Zoo ..., was bitte ist das denn?«

»Zoonose. Ein Virus, der von seinem ursprünglichen Betätigungsfeld – sagen wir Pflanzen oder Tiere – mutiert und auf Menschen übergeht. Wie die schwedische Mutterkorn-Pandemie im Jahre 2018. Oder eben der DN-01-Virus vom ehemaligen Kuba. Zum DN-01 noch: Es gibt Gerüchte, recht anhaltende sogar, nach denen dieses Mistviech, das von Kuba oder dem ehemaligen ausgehend, bis in den mittleren Westen der Vereinigten Staaten hinein wütete, absichtlich und von Menschenhand hergestellt worden ist. Man munkelt von einem missglückten Experiment, das den Verursachern sprichwörtlich um die Ohren flog. Aber das sind, wie gesagt, Gerüchte.«

»Und das weiß alles ein Schichtleiter bei Schill-Nockermann?«

»Ja ...«, Hans kam ein wenig ins Stottern. »Warum denn nicht? Aber um Ihre eigentliche Frage zu beantworten: Kuba, ehemaliges Kuba oder *Dianetica*, den jetzigen Bewohnern ist es wahrscheinlich eh pupsegal, wie man ihren Aufenthaltsort bezeichnet.«

»Wie kommen Sie darauf?«, meinte Lisa. »Mir wäre das nicht egal.«

»Ihnen sicher nicht und mir auch nicht. Aber ich denke Kakerlaken und Ameisen ist der Name des Ortes gleich, auf dem sie herumkrabbeln. Und sonst lebt da nichts mehr. Wegen der Zoonose eben. So, nun muss ich aber wirklich ...«, damit erhob er sich erneut und stampfte überraschend agil davon.

Lisa fühlte sich ebenso merkwürdig wie ratlos. Trotzdem oder genau deshalb kam sie am folgenden Tag wieder in das Café im Herzen Dulsbergs. Hans war auch da. Warum, wusste sie gar nicht genau zu sagen, aber es freute sie ungemein.
Oftmals nun trafen sie sich zum Kaffee, Kuchen, manchmal auch Eis und redeten und redeten. Langsam begann eine Vertrautheit, die mehr und mehr in Freundschaft umschlug. Wie bei zwei Einsiedlern, die erkennen, dass es weniger einsam um einen ist, ist man erst zu zweien. Sie fühlte die Nähe zu dem Mann mit der einfühlsamen Art, den leicht abstehenden Ohren und dem Bauchansatz, der manchmal mehr Lexikon als einem Menschen glich. Und er? Er spürte es genauso. Ihr charismatisches Äußeres, die hakenförmige Nase und die viel zu großen Augen, die so viel Trauer ausstrahlten und in die er sich immerzu hinein gesogen fühlte.
Hans ahnte früh, dass es etwas gab, das ihr auf der Seele lag und das sie gerne loswerden wollte. Etwas, das sie zwar oft anriss, doch im Kern immer umschiffte. Zuerst traute er sich nicht direkt danach zu fragen, aber irgendwann an einem Freitag – draußen regnete es Katzen und Hunde – tat er es doch.
Zuerst schwieg Lisa. Sie sah nach draußen und nippte an ihrer heißen Schokolade mit extra Schlag. Gelbe Blätter bedeckten den Bordsteig, Menschen eingehüllt in Kapuzen hetzten vorbei, Regen prasselte gegen die Scheiben. Es war halt Herbst. Als Hans schon nicht mehr an eine Antwort glaubte, schob Lisa ihren Becher

zur Seite und sah ihn an. Lange. Dann begann sie. Sie erzählte ihm aus ihrer Vergangenheit und etwas daraus, das sie noch nie mit jemandem geteilt hatte. Es war eine ziemlich ernste Episode, wie das oftmals mit Ereignissen ist, die einem selbst widerfahren.
»Als ich geboren wurde«, sagte sie, »lebten meine Eltern noch zusammen. Kurz danach trennten sie sich. Mein Vater meinte, es lag an Elisabeth, meiner Mutter, und sie meinte, es lag an ihm.« Lisa zuckte mit den Achseln. »Wahrscheinlich kriegen das alle Kinder von getrennt lebenden Eltern zu hören. Ich blieb zuerst bei Elisabeth. Dann kam Paul, ihr Neuer und mein Stiefvater. Er blieb nicht für lange. Danach war sie überwiegend mit Frauen zusammen, aber auch diese Beziehungen hielten nicht sonderlich gut. Finanziell ging es uns damals erträglich. Elisabeth hat halbtags gearbeitet und Wolfgang, genau, mein Vater, hat zumindest zuerst noch für mich gezahlt. Er war bei einer Versicherung beschäftigt und verdiente nicht schlecht. Aber dann flog er raus oder wurde wegrationalisiert. Er schickte dann am Anfang weniger, klar, aber später leider gar nichts mehr. Wir zogen in eine andere Stadt, nach Berlin. Elisabeth meinte oft, ich hätte viel von meinem Papa geerbt. Und in Bezug auf Berlin hatte sie wohl auch recht, denn ich habe diese Stadt genau wie er aus tiefstem Herzen verachtet.«
»Warum denn das?«
»Warum? Weil Berlin eine Ansammlung stinkender Bauten, eine Kakofonie für die Augen ist, darum. Alles nur Beton, Dreck und noch mehr Beton ...«
»Nee, warum sich deine Eltern getrennt haben, meinte ich.«
»Ach so, das. Sagte ich das nicht schon? Freunde, die meine Eltern kannten, meinten, sie hätten sich vielleicht nie wirklich geliebt. Geheiratet haben sie ja auch nur, weil ich kam. Und als ich dann da war ...«, sie schwieg einen Moment, »habe ich am Anfang viel geschrien ...

und sie wenig zur Ruhe kommen lassen. Vielleicht war das auch ein Grund mit ...«

»Ach, glaube ich nicht«, meinte Hans, diesmal ungewohnt vehement. »Wenn sich Leute trennen, dann tun sie es verdammt noch mal nur ihretwegen. Rede dir da bloß nichts ein. Du kannst am allerwenigsten dafür.«

»Ist jetzt auch egal«, meinte Lisa und fuhr dann fort. »In Berlin lebten wir einige Jahre. Elisabeth wurde immer öfter krank und blieb dann tagelang im Bett. Beim Aufräumen habe ich häufig Dutzende leerer Packungen *Pauerstoff* gefunden. Kennst du diese Horrordinger?«

»Wer kennt sie nicht?«

»Die sollten verboten werden.«

»Sind sie.«

»Oh. Wie auch immer, eines Morgens erwachte sie einfach nicht mehr. Stell dir vor, du gehst in ein Zimmer und jemand liegt da, einfach nur da mit weit aufgerissenen Augen. Nicht tot, aber auch nicht weit entfernt davon.« Sie schniefte. Hans reichte ihr eine mehr oder weniger unbenutzte Serviette. »Sie kam auf eine Pflegestation. Hanna, die Frau mit der sie zusammen war, mochte mich nicht besonders, ich sie auch nicht. Wolfgang hätte mich sicher gerne zu sich genommen, aber, wie du dir denken kannst, stimmte das Jugendamt nicht zu. Er schuldete denen schließlich schon seit Jahren meinen Unterhalt. Ich kam für kurze Zeit in ein Heim und dann in eine Pflegefamilie. Da war ich elf.«

Eine Bedienung kam und damit einhergehend ein neuer Becher Kakao. »Aber ich war nicht lange da. Mit zwölf musste ich wieder ins Heim. Papa schrieb mir beinahe jede Woche, die ganze Zeit über. Er versuchte alles, stritt sich mit den Behörden, ging sogar vor den elektronischen Gerichtshof, aber wie vieles in seinem Leben, kriegte er es nicht gebacken. Elisabeth war all die Zeit noch immer im Koma. Sie wurde schließlich nach Karlsruhe verlegt, angeblich wegen der besseren ärztlichen

Versorgung. Ich denke, es war einfach nur billiger. Aber wohl nicht billig genug, denn Wolfgang bekam Nachricht, dass man dort vorhatte, die Geräte, die sie am Leben hielten, abzuschalten.«

»Warum denn das?«, fragte Hans. Es ging ihm sichtlich nahe.

»Wegen der Versicherung. Sie weigerte sich, die Kosten weiterhin zu übernehmen. Wolfgangs Anwalt meinte, dass das zwar ungesetzlich sei, aber eine übliche Vorgehensweise. Denn auch, wenn möglicherweise per Gericht ein Widerspruch erreicht würde, wäre sie zu diesem Zeitpunkt längst verstorben, da eine Einlassung keine aufschiebende Wirkung besäße. So was in der Art jedenfalls. Is' heftig, oder? Wolfgang ist dann bei der Versicherung richtiggehend ausgetickt, hat mir der Anwalt erzählt. Die Polizei rückte an und ein Gericht verdonnerte ihn zu einer Ordnungsstrafe. Und weil er nicht zahlen konnte – eigentlich ja nicht Neues – sollte er eine Ersatzhaftstrafe antreten. Doch anstatt an diesem Tag vor den Gefängnistoren zu stehen, tauchte er plötzlich mitten im Speisesaal des Heims in der Ludwigstraße auf. Gore-tex-Klamotten, Motörhead-Aufnäher, Stiefel – er sah aus, als käme er direkt aus einem Museum. Ich weiß es noch genau: Er baute sich vor mir auf, sagte kein Wort und warf mir einfach eine Lederkombi hin.« Hans betrachte sie. War das der gleiche Aufzug? Aber er fragte nicht nach, sondern hörte zu und schenkte sich gelegentlich Kaffee nach.

»Ja, er stand einfach nur da und wartete. Ich zog die Sachen an – mitten vor allen Leuten – und wir gingen los. Was heißt gingen; ich kam mir vor wie beim Einmarsch der Gladiatoren, nur quasi andersherum, denn wir marschierten nicht in eine Arena hinein, sondern geradewegs aus einer hinaus. Draußen meinte er nur: ›Lass uns Mama besuchen‹. Wie schwangen uns aufs Moped und brausten ab.«

»Mit der Virago?«
»Ja, genau damit. Sie war das Einzige, was er besaß, diese alte XV535. Hatte ich das nicht schon erwähnt?«
»Doch bestimmt«, log Hans.
»Es war klasse! Wir fuhren raus aus Berlin, natürlich nicht, ohne uns diverse Male zu verfahren und dann ging's in Richtung Hamburg«
»Seit der Ringautobahn braucht man ein Studium, um sich da noch zurechtzufinden, kenn' ich aus eigener Erfahrung«, meinte Hans zustimmend.
»Wir sind dann über Hamburg auf die A255 nach Hildesheim gefahren. Von da aus nur noch über Landstraßen. Das war so geil! Du kannst es dir nicht vorstellen! Das Knattern des Motors, die Landschaft, die an dir vorbei zieht. Dieser stimulierende Geruch von Benzin, Motoröl ... Wer auf keiner Maschine saß, wird das nie verstehen. Heute gibt es ja fast nur noch diese Elektrodinger. Einzig, dass die Konstrukteure den Tank so klein gehalten haben, nervte. Du musst halt jede 150 bis 200 Kilometer tanken. Insgesamt haben wir drei Tage gebraucht. Tagsüber sind wir gefahren, besser wäre sicher nachts gewesen, weil sie uns bestimmt gesucht haben. Aber Wolfgang konnte genauso gut Karten lesen wie ich. Ich weiß nicht, wie oft wir uns verfuhren, nur noch, dass wir uns Karlsruhe schließlich ungewöhnlicherweise von Süden her näherten. In den Nächten haben wir auf Campingplätzen übernachtet; richtig rustikal mit Lagerfeuer, Dosenbier, Würstchen und am Stock gebratenem Brot oder Marshmallows. Ich hätte grad' Appetit auf ein Stückchen Kuchen. Möchtest du auch noch eines, Hans?«

Hans nickte geistesabwesend. Er war viel zu sehr gefangen in ihrer Erzählung, als das er über Banalitäten wie Essen nachdenken mochte. Lisa bestellte zwei Stück Haselnusskuchen.

»An einem Nachmittag sind wir in Karlsruhe angekommen. Auf dem Zentralplatz bei der kleinen Pyramide haben wir die Maschine abgestellt und sind anschließend mit der Tram in die Klinik gefahren. Es war eigentlich gar kein richtiges Krankenhaus. Dort liefen weder Schwestern noch Ärzte herum. Was wir sahen, waren Leute von einem Sicherheitsdienst und vereinzelt ein paar Pfleger. Wenn man es genau betrachtet, glich das Ganze eher einem Friedhof, nur, dass auf diesem die Leichen noch lebten. Auch richtige Krankenzimmer gab es nicht. Die Leute lagen sonst wo und wurden nur für Angehörige in einen Besucherraum gekarrt. Aber wenigstens ließ man uns zu ihr. Dann aber ...« sie machte eine Pause,» als wir sie sahen ... sie tat mir leid, so unendlich leid. Völlig bleich und ausgezehrt lag sie auf dieser Bahre. Mein Gott, war das schrecklich.« Lisa erhob sich: »Ich geh mal kurz aufs Klo. Eine Erblast meiner Mutter weißt du, die musste auch immer oft.« Als sie von dort wiederkam, waren ihre Augen klein und rot verquollen.

»Wolf hat mich dann gefragt, was wir machen sollen. Und ob es nicht vielleicht doch besser wäre, würde man die Geräte abschalten. Ob du es glaubst oder nicht, just in diesem Augenblick, schlug sie die Augen auf! Unfassbar! Vermutlich das erste Mal seit Jahren. Wolfgang und ich, wir haben sie in den Arm genommen. Sehr lange. Ein Pfleger meinte, es wäre nun an der Zeit, Abschied zu nehmen. Tja, wie soll ich sagen ... er hätte es vielleicht rücksichtsvoller formulieren sollen. Papa hat sie hochgenommen, ich nahm unsere Sachen und wir sind geflüchtet. So schnell, die Wachmänner haben gar nicht begriffen, was da passierte. Nun gut, der eine sicher, als er wieder aufgewacht ist.«

Danach schwieg sie. War die Geschichte zu Ende? Schon? Hans glaubte es eher nicht. Er wollte nicht unhöflich sein, doch seine Neugier obsiegte: »Und was geschah dann?, fragte er. »Ich meine, geht es deiner Mutter heute besser?«

Lisa schaute ihn an, wie jemand, der aus tiefem Schlaf erwachte. »Elisabeth ... Nein, sie lebt nicht mehr. Wolfgang auch nicht.« Die nächsten Sätze überlegte sie sich gut, und als sie auch sie erzählte, schloss sie damit den Kreis hinter ihren Augen. »Wolfgang ist mit Elisabeth in ein Taxi gestiegen. Ich wollte natürlich auch mit rein, aber an der Wagentür stieß er mich zurück. Ziemlich grob, was sonst nicht seiner Art entsprach. Ich wäre fast hingefallen. Er warf mir die Zündschlüssel der Virago zu und rief: »Ich liebe dich, Lisa! Nimm die Schlüssel, die Maschine gehört dir. Papiere liegen in der Tasche unterm Tank – etwas Geld auch. Ich schulde deiner Mutter noch etwas und das möchte ich ihr zurückgeben.« Als ich fragte, was das sei, sagte er nur: »Zeit! Einfach nur Zeit«. Dann knallte er die Tür zu und sie fuhren ohne mich davon.

Nach einigen Tagen haben sie sie gefunden. In einem Waldstück, nicht weit von Ettlingen entfernt. Sie lagen zusammengekuschelt um ein abgebranntes Feuer. Beide tot. Daneben Packungen mit Würstchen und Toastbrot. Was die Todesursache betraf ... in dem Brot fand man Schimmelpilze. Später erfuhr ich noch, dass auch Wolfgang weniger gesund gewesen war, als ich dachte. Er hatte Blutstau im Stadium drei. Und ich nehme an, dass sie beide ... weil sie geschwächt waren ... an dem Brot gestorben sind.« Lisa konnte und wollte ihren Tränen keinen Halt mehr geben. Hemmungslos schniefte sie in das und das schnell hingereichte weitere Serviettentuch.

Hans vermutete eher etwas Direkteres als Grund für den Tod, sagte aber nichts. Er streckte einen Arm in ihre Richtung aus, zog ihn dann aber rasch und unverrichteter Dinge wieder zurück. Er hatte genug gehört, kannte jetzt ihre Geschichte. Nun war es an ihm, ihr seine zu erzählen. Seit Wochen schon rang er mit sich. Aber auch jetzt erschien ihm der Zeitpunkt nicht richtig. Am liebsten wäre er aufgesprungen und gegangen. Wieder verließ ein Paar junger Burschen Arm in Arm das Café, doch er schaute ihnen nicht hinterher (wie schon so viele Mal zuvor nicht) und auch spreizte er keine Finger ab, als er geistesabwesend zur Kaffeetasse griff. Ein kleiner Schweißfilm lief über seine Stirn. Er sah aus, als würde ihm ein riesiger grüngelber Ochsenfrosch im Hals stecken. »Du, Lisa, ich glaube, ich muss dir etwas beichten«, stammelte er endlich.

»Musst du nicht«, meinte Lisa schniefend. Sie nahm seine Hand, legte sie in die Ihrige und drückte sie fest.

»Doch, ich ... habe dich belogen. Ich bin weder Schichtleiter noch schwul. Gut, ich arbeite als Schichtleiter bei Schill-Nockermann, das stimmt schon, aber eigentlich ...«

»Ich weiß.«

Er stockte. »Wie, woher, was?« Wenn er vorher nicht schon rosafarben angelaufen war, dann spätestens jetzt.

»Ich habe dich vor ein paar Wochen in deinem Laden gesehen und Hans, glaubst du wirklich, ein paar Blicke oder klischeehafte Gesten können eine Frau für lange über wahre Absichten hinwegtäuschen?«

Er schluckte. »Nein, wohl eher nicht«, meinte er schließlich kleinlaut und blickte betreten auf das Muster der Tischdecke, das er mit einem Male als sehr spannend empfand. Doch seine Hand lag immer noch in ihrer und auch jetzt ließ sie sie nicht los. Als er aufsah, strahlte sie ihn an und nach einem kleinen Augenblick der Scham strahlte er zurück. Es war, als hätten zwei Einsiedler beschlossen, eine Kolonie ihresgleichen zu gründen.

Das Café im Herzen Dulsbergs besuchten sie in der folgenden Zeit – auch schon der Witterung wegen – nicht mehr allzu oft. Aber wenn, dann parkte vor der

Tür auch immer die alte Virago und spiegelte die Beine der Vorbeigehenden auf ihren geputzten Auspuffrohren. Nur, dass sich jetzt zwei statt einer Satteltasche an der Maschine befanden, unterschied dieses Bild von jenen aus früheren Zeiten.

Saarlandstraße

Endlich, dass Ende der Schicht rückte näher. An einer roten Ampel ließ Jochen festsitzenden Gasen ihren natürlichen Lauf. Das tat gut, er fühlte sich gleich zwei Kilogramm leichter. Nach ein paar hundert Metern staute sich der Verkehr. »Mist.« Die Baustelle hinter dem Krankenhaus, es würde wieder eng werden. Er hasste das beim Fahren, dieses enge und millimetergenaue Rangieren. Heute würde er sich nicht darüber aufregen, heute nicht. Aber – verdammt noch eins! – wollten ihn heute alle aufregen? Oder warum fuhr die Tante in dem XXL-SUV als wäre dies hier eine Tempo-30-Zone, was sie streng genommen wegen der Baustelle auch war? Er würde es vermutlich nie erfahren. Endlich bog sie ab und parkte halb quer vor einem Bioladen. »Na bitte, geht doch!« Der halbe Bus hatte es verstehen können.

An der Haltestelle touchierte er ein wenig den Bordstein. Der Reifen würde es überleben, und wenn nicht, war ihm das eigentlich auch egal. Einige stiegen aus, ein Pärchen zu. Beide Mitte vierzig. Sie sahen aus wie Petra und Paul. Vor Jahren, als er noch mit Andrea zusammen gewesen war, hatten sie sich im Swinger-Klub kennengelernt. Nette Leute, in jeder Hinsicht. Aber vermutlich sahen sie ihnen nur ähnlich. Die beiden zeigten ihre Karten vor. Er nickte nur, sah aber kaum hin. Er hörte noch, wie der Mann über die technischen Daten eines Motorrades dozierte: »Honda Transalp, 53 PS und 56 Newtonmeter, nicht schlecht, oder? Das müsste doch reichen für uns zwei Leichtgewichte, oder was meinst du, Schatz?«

Dem Blick der Frau zufolge stieß diese technische Innovation auf eher einseitiges Interesse. Der Mann schien das nicht zu bemerken. Noch immer ratterte er Zahlen und Daten wie am Fließband herunter. Das mit den Leichtgewichten hätte man auch ironisch verstehen können, so wie der Bauch bei ihm hervorstach. Sie kamen scheinbar direkt vor der Motorradmesse. Eigentlich hatte er auch vorgehabt, dorthin zu gehen. Aber wozu? Da, wo er bald sein würde, gab es aller Wahrscheinlichkeit nach eher weniger Verwendungsmöglichkeiten für Verbrennungsmotoren. Ein bisschen schade fand er das schon.

Motorrad Erfahrungen

Es gibt verschiedenste Arten an ein Motorrad zu kommen. Die illegalen Möglichkeiten einmal weggelassen, könnte man vorher gut informiert und mit ausreichend Probefahrten versehen, im Austausch mit seinem Partner (wenn vorhanden), sich für die jeweils richtige Maschine entscheiden. Derartiges ist professionell und uneingeschränkt zu empfehlen. Man kann aber auch anders vorgehen: Die Vernunft über Bord werfen und alles, aber auch wirklich alles, ausprobieren. Überwiegend vom Letzteren handelt dieser Bericht.

Im Februar 2002 beschlossen wir – meine damalige Freundin und ich –, uns wieder ein Moped, genauer gesagt einen 125er Roller, zuzulegen. Wir hatten beide den großen Führerschein und waren ehedem Motorräder gefahren. Allerdings war bei uns dieses Hobby ein wenig in Vergessenheit geraten. Ich gab meine XS400 schon vor einiger Zeit mangels Lust (und anstehendem TÜV) in andere Hände ab und bei ihr lag die Situation mit ihrer RD250 ähnlich, nur noch ein Weilchen länger zurück. Wenn man es genau betrachtet (und das wollen wir hier einmal tun), beginnt aber alles bereits am 31. Januar mit dem Besuch der Hamburger Motorradtage in den ehrwürdigen Messehallen.
Interesse an irgendetwas Bestimmtem oder Kaufabsichten besaßen wir eigentlich nicht. Ich meine, wir gingen nur dorthin, weil wir nichts Besseres vorhatten und das Wetter wieder einmal typisch hamburgisch war. Doch es passierte da etwas mit uns: Überall glänzte es.

Poliertes Metall, Alu und Chrom, wohin man schaute. Der Geruch von frischem Motorenöl, das Gefühl von Freiheit und Abenteuer, das sich ungefragt einstellte, sobald man beim Probesitzen auf einen unbestimmten Punkt ins Nichts schaute oder sich vorstellte, auf einer einsamen Landstraße vor sich hinzubrummeln ... Woran es tatsächlich lag, wird uns wohl auf immer ein Rätsel bleiben (vielleicht hat man uns auch schlicht Drogen in die Cola geschüttet), aber auf jeden Fall geschah etwas mit uns. Auf einmal wollten wir wieder ein Moped und das bald oder am besten sofort.

Mir waren in diesem Zusammenhang schon öfter die Roller auf Hamburgs Straßen aufgefallen. Die kleinen Dinger sahen nett aus und hobelten gut ums Eck. Vor gefühlten tausend Jahren hatte ich mal den Film *Quadrophenia* gesehen und war recht angetan von den dortigen Vespas mit den vielen Spiegeln und den anderen Redundanzen gewesen. Auch Luise – genau, meine damalige Freundin – fand diese Art von Maschinen schön. Damit waren wir in der Fahrzeugfindung schon recht weit gekommen, obwohl es erst elf Uhr des gleichen Tages war. Es sollte also ein Roller sein, nicht so teuer – man denkt ja sparsam –, ähnlich der Urrollerform und kein Schlaf-Sofa à la *Majesty*. Der war nur etwas für ältere Leute und das waren wir mit unseren jeweils 34 Jahren nun bestimmt nicht.

Eine originale Vespa von Piaggio erschien uns teuer, außerdem war der Sitz nur was für Langbeinige. Luise ist mit 155,5 cm nicht sonderlich hoch verbaut und kam mit den Füßen nicht so recht an die Erde. Dann sahen wir eine Simson Hyper125 in silbermetallic. Das war doch was! Zu einem möglichen Kauf kam es jedoch nie. Das lag weniger an uns, als mehr daran, einen Händler in der Umgebung ausfindig zu machen. Ich erinnere mich in diesem Zusammenhang noch gut an das Telefonat einige Tage darauf. Ein Händler (?) – er meldete sich mit Gartencenter sowieso – erklärte mir, dass er in den hinteren Räumen noch eine Simson aus dem Vorjahr stehen hätte. Später erfuhren wir, dass die Hyper125 nie in den Handel kam. Soweit ich weiß, ist das ehemalige DDR-Unternehmen mittlerweile in Konkurs gegangen.

Egal, nächster Versuch. Es musste doch ein Roller zu finden sein, der in etwa so aussah wie eine Vespa, aber nicht deren Preis oder Sitzhöhe besaß. Nur der Vollständigkeit halber: Die Vespa sollte um und bei 3.200,- € kosten, was im Vergleich zu späteren Käufen eigentlich schon ein Schnäppchen gewesen wäre. Nach einigen weiteren Telefonaten sprachen wir mit einem freundlichen Yamaha-Händler. Herr Kacke, so der nur unwesentlich geänderte Name, erzählte uns von einem CygnusXL125 (in schwarz-metallic). Der Preis lag bei 2500,- €. Wir also hin und saßen Probe. Es fühlte sich alles gut an. Auch Luise kam mit ihren Piddelfüßchen einigermaßen auf den Boden. Wir wollten dann sogleich eine Probefahrt machen, das lehnte der Händler, immer noch sehr freundlich, aber entschieden ab. Er meinte, der Cygnus sei extrem günstig und verkaufe sich auch ohne Probefahrt.

Aus heutiger Sicht ein dummer Fehler, aber wir ließen uns darauf ein und kauften das Rollerchen quasi blind. Herr Kacke – nach wie vor sehr zuvorkommend – erklärte uns auf Nachfrage noch, dass die Maschine um die 100 km/h liefe, gut für Fahrten zu zweit auf der Landstraße wäre und locker 200 Kilometer mit einer Tankfüllung führe. Das würde passen. Wir wollten zusammen fahren und zwar in der Stadt und über Landstraßen, keine Brennerorgien auf der Autobahn veranstalten und ich wollte damit noch zur Arbeit kommen. Vielleicht sollte an dieser Stelle einmal erwähnt werden, dass wir beide nicht unbedingt Leichtgewichte sind, zumindest ich nicht. Ich brachte um die 100 kg bei 1,78 Körpergröße auf die Waage (heute ist es glücklicherweise einiges weniger, aber das gehört nicht hier her). Ein Händler muss ja nicht das Auge eines Herrenausstatters besitzen, aber leichte Zweifel hätten ihm schon kommen können, bezüglich der Größe der Maschine und seiner zu transportierenden Passagiere. Vielleicht kamen sie ihm, ich weiß es nicht. Aber wenn, äußerte er sie nicht. Um es kurz zu machen, das Ding war für unsere Zwecke weder geeignet noch konzipiert.

Schon als ich den Cygnus abholte, hatte ich ein komisches Gefühl. Der Anzug erinnerte mich stark an längst vergangene Mofazeiten. Doch alles war neu und man will ja nicht immer gleich meckern. Deshalb rauf auf den Bock und ab in Richtung Mundsburg zur Versicherung. Es war der 08.02.2002. Das Wetter zeigte sich von seiner freundlichen Seite und leichte Freizeitkleidung zum Fahren reichte völlig aus. Irgendwie doch schön, dachte ich. Obwohl ... selbst auf dem kurzen Fahrtstück dämmerte mir allmählich, das war es nicht, was ich mir erhofft hatte. Auch Luise schien unzufrieden. Sie bemängelte schnell, dass ihr der Tank zwischen den Beinen fehlte und vom Anzug überzeugt war auch sie nicht. Na ja, wir machten ein paar Fahrten zu zweit. Doll ist was anderes.

Der Cygnus machte allein 88 und mit Sozia ungefähr 77 km/h. An der Ampel kamen wir nur sehr angestrengt vom Fleck. Jeder 40-Tonner schnitt uns oder donnerte mit Karacho und 3mm Abstand vorbei. Beispiele dieser Art ließen sich noch beliebig fortschreiben. Nachdem ich dann auch noch auf dem Weg zur Arbeit liegen blieb, denn der Tank war nach knapp 180 km bereits leer, reichte es uns und wir gingen noch einmal zum Händler und klagten ihm unser Leid. Da war es dann aus mit der Freundlichkeit und auch das letzte Mal, dass wir dort jemals etwas gekauft haben. Im Nachhinein denke ich, dass der Kerl sich an uns eine goldene Nase hätte verdienen können. Er hätte uns nur eine größere Maschine verkaufen müssen, wir besaßen da große Flexibilität, wie sich noch zeigen wird.

Was also nun? Vor unserer Tür parkte ein Roller, den wir nicht mehr wollten und der außerdem zur 1000km-Inspektion musste. Zuerst suchten wir einen anderen Händler auf, mit dem Ziel, dort die Überprüfung machen zu lassen. Und wie das Leben so spielt, da zwischen all den großen Motorrädern ruhte er: Ein Honda FES Foresight250 (gebraucht, vier Jahre alt, rot, 3050,- €). Er sah aus wie ein rollendes Sofa und war wunderschön (nach den Erfahrungen mit dem Cygnus hatten wir irgendwie andere Vorstellungen von Schönheit und man wird ja schließlich auch älter). Wir setzten uns rauf und machten eine Probefahrt. Tolles Gefühl! Der Anzug im Vergleich viel stärker und durch den voluminöseren Tank war auch die Reichweite gleich besser. Die großen 12-Zoller wirkten zudem um einiges souveräner auf der Straße. Hier stand er also; extra für uns. Anstatt die Wartung für den Cygnus durchführen zu lassen, gaben wir den Haufen in Kommission und nahmen den FES gleich mit. Somit hatte der kleine Roller seine vier Monate mit uns glimpflich überstanden.

Schon auf der ersten Fahrt nach Hause machten wir nur aus Bock einen Umweg von bummelig 20 Kilometern. Bis auf den fehlenden Mitteltank fand auch Luise die rollernde Couchgarnitur toll.

Wäre das aber alles gewesen und wir würden den Foresight heute noch fahren, dann müsste der Bericht vermutlich hier oder auf der nächsten Seite enden. Aber obschon der Seitenzahlen können Sie erahnen, so einfach wird es nicht.

Wurde es auch nicht. Noch einmal zurück zum Cygnus. Wenn man unsere Erfahrungen mit ihm liest, unter Umständen als Kaufinteressent, dann muss man wohl den Eindruck gewinnen, auf einem lahmen Esel zu sitzen, der auch noch früh an die Zapfsäule muss. Nun ja, wir hatten diesen Eindruck auch. Aber wir stellten auch die falsche Benutzerschicht dar, denn für das Geld eines teueren 50ccm-Rollers bekommt man hier einen mit 125ccm. Die Verarbeitung und das Licht ist gut und anspringen tut er auch. Der Verbrauch ist gering (der Tank aber auch, höhö). Wenn man nur in aller Ruhe zum Kleingartenverein oder zum Aldi rollern will, mag die Wahl einer solchen Maschine nicht unbedingt die verkehrteste sein. Allen anderen können wir nur dringend abraten.

Los wurden wir den Cygnus mit großem Verlust. Keiner wollte das nur 4 Monate alte Gerät haben. Verständlich, denn beim Kauf einer Neumaschine liegt der Zinssatz für Ratenzahlung im Bereich 1%. Bei gebrauchten Maschinen dagegen an die 9%. Unterm Strich kommt als Summe dann bei beiden fast dasselbe heraus (90% aller Käufe werden heute per Ratenzahlung gemacht, steckte mir mal ein Händler). Über eine Versteigerung bei Ebay ging er dann doch in andere Hände über. Verlust ca. 1200,- €.

Doch zurück zum Foresight. Letztlich war auch diese Wahl nicht die richtige für uns, wenn auch auf höherem Niveau. Zuerst aber gefiel uns der FES richtig gut. Viele Wochen ging das so. Auch über Winter sind wir gefahren. Es gab da einmal eine Episode, wo ich mir im Dezember nicht sicher war, ob die Straße nun vereist war oder nicht. Um das zu testen, bremste ich etwas stärker. Der FES kam wie immer zum Stehen (vergleichbar mit einem Wurfanker). Gut, dachte ich, ist dann wohl über null Grad. Pustekuchen! Ich stellte den Roller ab und brach mir fast die Knochen bei all dem Eis um mich herum. Auch Luise fuhr mit ihm (außer im Winter). Und sogar mit mir hinten drauf als Bremskraftverstärker.

Wir rollerten hierhin und dahin, besuchten den einen oder anderen, aber nach und nach kamen auch beim FES die unschönen Sachen ans Licht. So dehnte sich die Empfindung von Anzug im 2-Personen-Betrieb ins Kaugummiartige (0-100 in 13,9 sec. Solobetrieb, mit Sozius wahrscheinlich 20-25 sec.). Die Räder waren doch ziemlich klein und hoppelten unschön auf der Autobahn. Die Gabel empfanden wir als zu weich und mit der Automatik konnten wir – besonders ich – uns nicht gut anfreunden. Ich glaube, es hatte auch etwas mit dem Image des Rollers im Allgemeinen zu tun. Wir fühlten uns nicht für voll genommen, keiner grüßte zurück und jede Schrottschüssel bretterte extra schnell an uns vorbei. Und mit 250ccm konnten wir dem auch wenig entgegensetzen.

Ausschlaggebend für den Wechsel auf ein anderes Gefährt war jedoch im Sommer 2003 die frohe Kunde meiner Freundin: »**Ich bin schwanger!**«, grölte sie strahlend und änderte damit unser gesamtes bisheriges Leben. Schlagartig und für alle Zeiten.

Andere meinten, es wäre nun indiziert, da sich Nachwuchs ankündigte, den Roller zu verkaufen und uns einen preisgünstigen Kombi zuzulegen. Aber das taten wir nicht. Ich argumentierte, wir bräuchten, da wir in der Großstadt wohnen, eigentlich kein Auto. Ärzte sind gut mit Bus und Bahn und Einkaufsgeschäfte zu Fuß in 2 Minuten und weniger erreichbar. Weiter führte ich an, dass bei meiner Arbeitsstätte in der Innenstadt keine Parkplätze vorhanden sind. Was bedeuten würde, dass dann bei uns Kosten für einen Tiefgaragenplatz hinzukämen – und das nicht zu knapp. Wenn wir uns noch einmal eine Maschine zulegen wollten, meinte ich bei einem Glas Malzbier zu ihr und sah ihr dabei tief in die Augen, dann jetzt. Später wird kein Geld mehr dafür da sein. Ich denke, Luise konnte sich auch nicht mit der Vorstellung, nur noch Hausfrau und liebende Mutter zu sein, die allenfalls zu den Schwiegereltern mit dem Auto fährt, abfinden und stimmte zu. Allerdings mit einer Einschränkung: Es sollte diesmal ein Moped sein, das mehr ihrem Gusto entsprach. Sie liebäugelte mit Choppern; chromglänzenden, motorbetonten, mit tiefem Einstieg versehenden Großmaschinen der Harley-Fraktion. Ich besaß dazu keine negativen (oder positiven) Vorerfahrungen und wehrte mich nicht sehr. Zumal, da es sich wegen unserer Größenunterschiede überhaupt als sehr schwierig gestaltete, ein gemeinsam zu benutzendes Zweirad zu finden. Diesmal eine Chopper also. Luise schlug die XV535 Virago von Yamaha vor.

Und wie der Zufall so spielt, war das Jahr 2003 das letzte für neu zugelassene Viragos mit diesem Hubraumformat. Sie erfüllten zum einen die strenger gewordenen Abgasvorschriften nicht mehr und zum anderen war wohl nach 15 Produktionsjahren einfach die Luft raus. Es gestaltete sich als recht mühselig, überhaupt noch an eine neue Maschine zu kommen. Schließlich schaffte es unserer Händler. Wir gaben den Foresight in Zahlung – Verlust etwa 1000,- € – und besaßen ab dem 28.08.2003 eine fabrikneue Virago (5.800,- €, schwarzmetallic, zusätzlich mit Packtaschenhalter und Windschild).

Wir haben auch hier keine Probefahrt gemacht ... Nun, einen Fehler einmal zu machen ist das Eine, aber zweimal den gleichen? Das konnte nicht gut gehen! Irgendwie war von Anfang an der Wurm in dem Ding. Zuerst ging die elektrische Umschaltung von Normal auf Reserve nicht (da blieb ich das erste Mal liegen), dann hakte die Schaltung und der Verbrauch lag viel zu hoch. Zum Vergleich: Der Foresight verbrauchte in der Stadt 4,3-4,6 Liter auf hundert Kilometer. Die Virago soff für die gleiche Strecke knapp 7 Liter – ein Wahnsinn! Damit begann eine Arie von Besuchen beim Händler. Die hakelige Schaltung und den Reservehahn haben sie schnell in den Griff bekommen. Den hohen Verbrauch jedoch nie. Der

Höchststand lag bei über acht Liter im November. Wenn man dann noch bedenkt, dass der Tank lediglich 12,5 Liter nutzbaren Inhalt besitzt, dann bedeutet das in der Praxis, dass nach 140 Kilometern auf Reserve geschaltet und nach 150-160 Kilometer an die Zapfsäule gefahren werden muss. Ganz toll. Besonders bei 20 Kilometern Fahrtweg zur Arbeit. Es mag ja Leute geben, die fahren sowieso jeden Abend zur Tanke, denen ist dann die Tankgröße egal, Hauptsache genug Bier passt auf den Anhänger. Aber dazu gehörten wir nie.

Zuerst aber kam es zur Trennung von meiner Freundin, denn wir heirateten. Die Zeit davor, dabei und danach verlief relativ problemlos. Irgendwann kam unsere Tochter zur Welt und zeitgleich bei uns die ersten grauen Haare. Dazwischen erfolgte für die Virago die Anschaffung einer durchgehenden Corbin-Sitzbank und verlängerte Soziusfußrasten, damit, wenn ich hinten saß, ich mich nicht mehr wie der berühmte Affe auf dem Schleifstein fühlen musste. Überhaupt: Chopper sind äußerst ungeeignet für einen Zwei-Personenbetrieb! Stellt sich von außen anders dar, fanden wir. Aber längere Strecken auf einem Sitzbrötchen zu verbringen, ist allenfalls bei Mitgliedern der SM-Szene beliebt – und da sicher auch nur bei den wirklich harten. Schade eigentlich, denn Chopper könnten ein schöner Kompromiss für gemeinsam fahrende, unterschiedlich große Paare sein. Damit vergingen die Jahre 2003 und 2004. Die Virago blieb, wenn auch überwiegend aus monetären Gründen und weil so ein kleines – allerdings auch ziemlich niedliches – Ungeheuer unseren Tagesablauf dominierte.

Im Januar 2005 besuchten wir noch einmal die Hamburger Motorradtage. Wir erwogen nicht ernsthaft, die Virago zu verkaufen. Der Verlust hätte uns noch größere Löcher in die Taschen gerissen als bereits bei den Vorgängern geschehen. Freilich, gesät war der Keim der Zersetzung längst. Wir hatten etwas Geld geerbt und angefangen, uns Gedanken darüber zu machen, für wen Chopper eigentlich etwas sind, für wen nicht und in welches Bild wir passten. Zugegeben, man könnte Überlegungen solcher Art auch am Anfang machen, macht sicher mehr Sinn. Aber mal ehrlich: Haben Motorräder immer etwas mit sachlichen Argumenten zu tun? Gut, manchmal schon, aber immer?

Wir kamen überein, dass bei Choppern der Reiz vor allem darin liegt, Dinge wegzulassen (bedeutet der Begriff ja auch schon). Dinge, die uns aber wichtig sind. Zum Beispiel: Drehzahlmesser, Wasserkühlung, großer Tank, moderater Verbrauch, Sitzkomfort auch für den/die Sozius/Sozia. Währenddessen sie mit Chrom und überbreiten Reifen Bereiche hervorheben, die uns im Grunde schnurz sind. Gut, Luise mag Chrom, aber wie ein Christbaum muss auch bei ihr ein Moped nicht glänzen. Als Essenz unserer Probleme haben wir uns darauf geeinigt, dass ihr die Virago zu groß und mir sie zu klein ist – neben dem oben aufgeführten Rumgemäkel. Aber was sollte dann kommen (natürlich rein theoretisch gedacht)? Bei Luise ging das sehr schnell: »Kawasaki Estrella«, kam fast wie aus der Pistole geschossen. Dazu später mehr.

Bei mir gestaltete sich das schwieriger. Der Anspruch war nicht weniger, als die letzte Maschine zu finden, die ich mir je kaufen würde. Über eine mögliche Finanzierung hatte ich mir auch schon mal – rein hypothetisch natürlich – Gedanken gemacht (auf was man nicht alles kommt, wenn man widerwillig auf einem Bock sitzt, bei dem man sich ständig fragt, warum man sich nur solch einen Mist gekauft hat). Also alles noch mal an von vorn! Aber wenn, dann diesmal richtig. Keine Blindkäufe und keine Schnellschüsse mehr. Punkt!

Im Vorfeld zur Messe machte ich mir Notizen, las Fachzeitschriften – selbst beim Windel wechseln – und strich an, was infrage käme. Sie merken, hier beginnt der schleichende Übergang von der theoretischen zur praktischen Überlegung. Ich wollte aufrecht sitzen, ordentlich Druck sollte vorhanden sein (ausreichend auch für zwei) und der Sound nicht wie auf der Virago turbinenartig klingen. Hoch, nicht so teuer und etwas mehr Kubik kamen als Attribute auch noch dazu.

Welche Möglichkeiten gab es da? Eine Rennsemmel? Nein, da lag ich mehr, als dass ich saß. Eine Tausender oder gar eine Pan European? Viel zu groß und auch zu teuer. Oder vielleicht eine Honda Shadow (hihi)? Nein. Im Grunde schieden damit alle außer den Reise-Enduros aus. In die engere Wahl kamen: GS650 von BMW (Favorit), Transalp von Honda und DL650 V-Strom von Suzuki. Wie auch immer die Wahl ausgehen würde, eines kristallisierte sich zu diesem Zeitpunkt bereits heraus: Es würden nicht eine, sondern zwei Maschinen werden. Eine für Luise und eine für mich.

Auf der Messe saß ich Probe. Ich merkte schnell, eine BMW würde es nicht werden. Die Fußrasten schienen mir viel zu weit hinten angebracht. Die Transalp konnte ich nicht probieren, da Honda nicht vertreten war und die DL650 V-Strom machte – anfänglich eher als Notnagel gesehen – einen unerwartet guten Eindruck. Ich entschied mich – nach ein paar harten Wochen des inneren Ringens, schließlich war unsere Virago noch fast neu und mit einer Frau, die ein kreischendes Neugeborenes auf dem Arm hält, ist über Motorräder auch nicht ganz einfach zu sprechen –, mit der Honda und der Suzuki Probefahrten zu machen. Meine Frau zeigte sich einverstanden. Und wenn keine von beiden infrage käme, dann würden wir die Virago trotzdem verkaufen und ich würde fortan Fahrrad fahren. Auch damit war meine Frau einverstanden. Sie glauben gar nicht, wie solch' eine Vorstellung zu Probefahrten animieren kann!

Zuerst besuchte ich einen Honda-Händler und saß auf der Transalp Probe. Hmm, überzeugt sein klingt anders. Der Lenker schien mir zu niedrig und die Beine zu sehr angewinkelt. Ein wenig traurig trottete ich von dannen, denn die Trans-A war mir im Geiste schon ein wenig ans Herz gewachsen. Gut, dann eben die DL650. Testberichten zufolge musste sie der Überflieger vor dem Herrn sein. Konnte alles, was die Transalp konnte, nur eben besser. Sie besaß größeren Bumms durch 14 PS Mehrleistung, hatte eine verstellbare und höhere Windschutzscheibe, Einspritzung und, und, und. Doch ein wenig unwohl war mir schon, denn die Alp galt als Fahrzeug, das durch jahrelange Produktpflege zum Standard gewachsen war. Die DL, 2004 neu erschienen, wurde unverändert in 2005 angeboten. Wie verhielt es sich da mit den üblichen Kinderkrankheiten? Die Vorstellung, dass eine nagelneu konstruierte Maschine quasi auf Anhieb perfekt geriet, fand ich nicht besonders glaubhaft. Egal, eine Chance sollte sie dennoch bekommen. Ich machte einen Probefahrtstermin bei einem Suzuki-Händler.

Wir also da hin. Luise saß hinten drauf. Gut, meinte sie und grinste breit. Entspannter Kniewinkel, viel Platz, lediglich bei der Besteigung des DL-Berges gab es einige Unmutsäußerungen ihrerseits. Wie war es bei mir? Es sollte schließlich meine letzte Maschine werden. Auch bei der DL wollten meine Füße anstatt auf den Rasten auf den Hebeln Platz nehmen (ähnlich wie bei der BMW). Außerdem fand ich den Kniewinkel für meine Verhältnisse reichlich sportlich. Sportlich klingt als Wort nett, aber es kann in der Praxis bedeuten, dass man sich auf längeren Stecken das Blut aus den Unterschenkeln quetscht und das finde ich nicht wirklich nett und außerdem sitzt man dabei unbequem.

Das Motorengeräusch mochte ich nicht. Keine Ahnung warum. Es klang für mich metallisch, gleichförmig ... seelenlos. Ein anderer mag das durchaus anders empfinden. Na ja, und hübsch fand ich die DL ehrlich gesagt auch nicht. Nachdem mich schließlich ein Autofahrer noch fast auf die Hörner nahm, weil ihm mein Rangieren zu lange dauerte, denn ich kam mit den Beinen nur schlecht an die Erde, war die Sache eigentlich schon gegessen. Den Abschluss bildete der Händler selbst, der unsere Virago, die wir natürlich in Zahlung geben wollten, nur sehr abschätzig begutachtete. Ich weiß nicht, ob er uns einen schlechten Preis für sie gemacht hätte. Aber allein die Vorstellung, dass wir uns da auch noch mit rumärgern sollten, war mir zuwider (wie mir der Verkäufer als Mensch übrigens auch).

Gut, also keine V-Strom. Und nun? Blieben meine Landschaftserkundungen beschränkt auf ein Kettler-Damenfahrrad Modell *Antje*? Gesundheitlich sicher nicht die falscheste Entscheidung. Nein, natürlich taten sie das nicht. Ich saß noch einmal auf der Transalp Probe. Und siehe da: Der Kniewinkel und Lenkerstellung wirkten mit einem Mal viel angenehmer. Bei dem Händler konnte ich leider keine Probefahrt machen, schade. Diesmal wollte ich aber keinen Blindkauf tätigen. Außerdem, und das passt an dieser Stelle gut rein, hatte mittlerweile mein Sinnieren über die Finanzierung des Projektes *Supermaschine* konkrete Formen angenommen. Zuerst war die Idee, die Virago in Zahlung zu geben und Luise auszuzahlen. Das hatte ich auch mit ihr durchgesprochen. Nun zeigte es sich aber, dass wir den Betrag, den wir für die Virago gerne noch haben wollten, schließlich war sie erst 1 ½ Jahre alt, wohl nicht bekommen würden. Die Nachfragen bei Händlern bestätigten dies. Auch hatten wir die Chrompflege vernachlässigt und waren im Winter gefahren, was die äußere Erscheinung nicht gerade verbesserte. Daher überlegte ich mir, dass ich, wenn ich denn ein schönes Moped fände, dieses teilweise in bar – so 50% – anzahlen würde, den Rest finanzierte, und jetzt kommt's: dass wir die Virago bei einem Händler in Kommission geben würden. Der Vorteil wäre, da ich bei der Neumaschine einiges anzahlte, dass wir Rabatt raushandeln könnten. Und auch, dass der Verkaufspreis für die Virago vermutlich höher läge, als bei einer entsprechenden Inzahlungnahme (zumindest nahm ich das an). Und ich muss sagen, bis auf einige winzige, unbedeutende Schönheitsfehler, traf alles auch so ein.

Bei einem anderen Händler machten wir dann mit der Transalp eine Probefahrt. Luise setzte sich erneut – wie bei der DL 650 – hinten drauf und siehe: Ihr Lächeln wuchs noch eine Spur breiter. Auch mir erging es nicht anders. Der Anzug war enorm, im Vergleich zur Chopper schon gigantisch zu nennen. Im 2. Gang bis 50km/h, Mannomann! Dies war keine Enduro, das war eine Tourenmaschine mit menschlicher Sitzhaltung. Und dann noch die vielen Instrumente!! Alles analog mit vielen kleinen Zeigern und unterlegt auf weißen Zifferblättern. Und ein Tank, der seinen Titel mit 19 Litern Fassungsvermögen zu Recht trug. Ach, war das schön. Nur wenige Kilometer überzeugten mich bereits. Und auch Luise hatte keinen Zweifel daran, das würde sie sein, meine neue Maschine.

Ich bat den Verkäufer, mir ein Angebot zu unterbreiten, welches er einige Tage stehen ließ. Dann rief ich andere Firmen an und stellte den dortigen Mitarbeitern dieselbe Frage. Einer von denen hatte dann das günstigste Angebot. Daraufhin sprach ich noch einmal mit dem ersten Verkäufer (den, mit der Probefahrt) und fragte mit Hinweis auf seine Mitbewerber, ob er seine Offerte noch nachbessern wolle. Ein wenig grummelnd ging er noch ein bisschen weiter runter und wir wurden handelseinig. Gut, wirklich nett fand ich das nicht von mir, aber nachdem was ich (wir) alles schon an Verlusten erleben mussten, nur mehr als verständlich. Für 6200,- € inkl. Überführung und bei 3000,- € Anzahlung ging die orangefarbene Groß-Enduro am 28.04.2005 in meine Hände über. Und ich habe es bis heute nicht bereut! Nun, ein paar Zacken sind im Laufe der Zeit schon aus der rosaroten Brille gebrochen. Klar. Anfänglich hing die Gabel schief, die Fertigungstoleranzen an der Verkleidung sind schon sichtbar, aber ansonsten ... Sie springt sofort an, der Motor ist wunderschön, die ganze Kiste wirkt riesig und ist trotzdem leichter zu händeln als die DL650. Der Verbrauch ist weit im unteren Mittelfeld. Was Bequemeres für den 2-Personen-Betrieb gibt es vermutlich nicht. Außerdem hat sie genügend – obwohl ein paar PS mehr sicher nicht schaden würden – Bumms. Nee, verkaufen werde ich nicht mehr.

Nun zu Luise. Wenn Sie nunmehr zu der Auffassung gelangt sein sollten, mein Verhalten sei ein wenig abenteuerlich, dann könnte das Folgende vielleicht noch eine Steigerung bedeuten. Luise hatte sich, wie oben bereits erwähnt, spontan für eine Kawasaki Estrella 250 entschieden. Nur hatte sie noch nie auf einer solchen gesessen und wusste nicht, ob sie draufpassen würde. Sie fand das ganze Design und die Farben, diese Ausstrahlung mit dem vielen Chrom einfach nur hübsch.

Nach längerem Suchen sahen wir auf einer Internetseite ein Händler-Verkaufsangebot in Hamburg. Wir also hin. Die Maschine sah anständig aus, aber der Händler besaß astronomische Preisvorstellungen. Doch das war ihr im Grunde nicht wichtig, da sie erstmal nur Probesitzen wollte. Dann kam der Schreck in der Morgenstunde: Die Sitzhöhe war zu hoch! Um einiges sogar. Mist. Der Verkäufer meinte, dass man den Sitz auch runter satteln könne, dann würde es vermutlich besser gehen.

Klar, die Enttäuschung war zuerst groß, und wie ich meine ehemalige Freundin einschätze, hätte sie bei dem Händler des trotz exorbitant hohen Preises über einen Kauf nachgedacht (2500,- € wollte der für eine Estrella

Baujahr 1995 haben). Gut, Estrellas sind im Allgemeinen teuer, weil sie allesamt Liebhaberstücke sind. Nur, ein realistischer Preis liegt bei diesem Baujahr so bei 1800,- €. Nur als Vergleich. Aber im Herzen wusste sie schon: Genau das ist meine Maschine! Es handelte sich um Liebe auf den ersten Sitz.

Die Wochen danach waren hart. Sie trauerte schon sehr. Sie aß schlecht, war griesgrämig gelaunt und ihre Mundwinkel hätten nur unter Zuhilfenahme von Tackernadeln zu einem einigermaßen freundlichen Ausdruck bewegt werden können. Dann entdeckte sie bei Ebay (gottbewahre Ebay!!) eine Estrella. Baujahr 1996, wenig gelaufen, guter Zustand, Einstandsgebot 1450,- €. Ich schlug vor, sie solle es auf »Beobachten« stellen. Sie lächelte mich an (verdächtig, weil ganz ohne Tackernadeln) und meinte, dass sie das nicht bräuchte, weil sie gerade darauf geboten habe ... und nicht nur das; sie bekam auch noch den Zuschlag! Ich schlug stattdessen die Hände über dem Kopf zusammen. Zu allem Leichtsinn kam auch noch hinzu, dass sich die Maschine statt in Hamburg in Ulm befand und Luise weder genug Zeit noch die Fahrpraxis besaß, um mit einem quietschenden Säugling von Hamburg nach Ulm und zurückzufahren.

Doch meine Frau zeigte anhand dieser Situation wieder einmal, welch ein Organisationstalent der Commerzbank verloren gegangen ist, seit man sie dort »outgesourced« hat, wie man Entlassungen auf neudeutsch bezeichnet. Und das lief dann so: Sie überwies den Betrag von 1450,-€ (weil kein anderer wahnsinnig genug war, derart viel Geld für ein neun Jahre altes Moped zu bieten), heuerte ein Transportunternehmen an, das die Maschine gleich bei Übergabe in Augenschein nahm, und freute sich wie ein Schneehase, als das Moped wie vereinbart bei uns vor der Tür stand. Und ich muss zugeben, es war tatsächlich in einem sehr, sehr guten Zustand. Und was mich noch mehr verwunderte; sie benutzt die Estrella sogar! Zumindest, wenn das Wetter mitspielt, früh morgens am Wochenende die Straßen leer sind und jemand da ist, um auf unseren Nachwuchs aufzupassen. Überhaupt findet sie, dass die Kauf-Entscheidung eine der besten ihres Lebens war.

Fazit
Allein mein Verlust beträgt anteilig ca. 2.500,-€. Gerechnet, wenn denn die Virago endlich verkauft sein sollte – das ist der kleine, vorhin bereits erwähnte Schönheitsfehler. Für diesen Betrag hätte ich mir sicher einiges kaufen können. Klar. Aber wäre ich dann auch bei einer Transalp gelandet oder Luise bei ihrer Estrella? Nein, ich denke nicht. Die Erfahrungen, so teuer sie gewesen sind, bereuen wir beide nicht. Auch bezweifele ich stark, ob im anderen Fall das Geld tatsächlich gespart worden wäre. Und nicht zuletzt gäbe es natürlich dann auch diesen Bericht nicht. Und das wäre doch auch schade!

Nachtrag 2009
Waren es nicht die *toten Hosen*, die einstmals *nichts ist für die Ewigkeit* vors Volk rotzten? Nun, auch eine Estrella oder eine Transalp sind nicht dafür geschaffen, zumindest nicht bei uns. Nachdem mir über die Jahre gewahr wurde, dass die Alp eigentlich mehr stand als fuhr, habe ich sie in gute Hände abgegeben und mir stattdessen eine 10 Jahre alte GN250 von Suzuki gegönnt (17 PS, Baujahr 1998, schwarz, ca. 115 Spitze, 10-Liter-Tank, Verbrauch unter 4 Litern). Merkwürdigerweise wird das *Urviech* – wie ich sie liebevoll zu nennen pflege – ziemlich oft gefahren und das auch von meiner Frau, die ihre Estrella bereits vor Jahren aus ähnlichen Gründen verkauft hat.

Ach so, die Virago sind wir inzwischen losgeworden – über den Preis brauchen wir nicht zu reden, aber traurig war er allemal.

Nachtrag 2013
In unserem Bestand befindet sich derzeit ein Fiat Panda neben zwei E-Bikes. Und Luise hat vorsichtshalber noch ihre Motorradkluft im Schrank liegen ...

Nachtrag 2015
Wir können es uns eigentlich nicht leisten, aber der Burgmann 400 (auf dem wir auch schon mal zur Probe gesessen haben) besitzt schon irgendwie einen seltsamen Reiz. Vielleicht ... schauen wir mal. Luises Motorradkleidung winkt gerade wieder!

Burmesterstraße

Noch eine Station, dachte Lore. Sie stand im Bus lieber, als dass sie saß. Das machte sie seit alters her (und damit kam einiges zusammen). Ihr taten die Beine weh. Vielleicht wäre es doch besser gewesen, sich zu setzen? Aber nun lohnte es auch nicht mehr. Sie fühlte nach dem Umschlag. Sicher zum zehnten Mal in der letzten Viertelstunde. Er war noch da. In ihm befand sich ein Manuskript. Ihr Manuskript! Ein Verlag interessierte sich dafür. Das nach all den Jahren! Gut, sie würde sich an den Veröffentlichungskosten beteiligen müssen, es war ja auch ein »Kostenzuschussverlag«, wie sich das nannte. Aber Verlag ist Verlag.

Am Ende würde sie vermutlich anders darüber denken, insbesondere beim Betrachten ihrer fürchterlich verheerten Kontoauszüge. Doch das lag im Moment noch in weiter Ferne. Das Manuskript trug den Titel: *Der Fuchs und die Gräfin*. Nun, eigentlich hatte es anders heißen sollen, aber *Über dem Jenseits und wieder zurück* war ihrer Enkelin zu sperrig vorgekommen. Und das mit dem Fuchs und der Gräfin ging ja auch. Als sie den Text verfasst hatte, war ihre Tochter noch ein kleines zartes Ding gewesen und nicht so ruppig und rustikal wie jetzt. Von wem sie das bloß geerbt hatte? Von ihr jedenfalls nicht. Aber wenigstens kam die Enkelin mehr nach ihr.

Mit einem deutlichen Ruck stoppte der Wagen. Der Fahrer hatte im Vorberuf sich sicher sein Brot als Bierkutscher verdient. Lore straffte sich und stieg zügig aus. Sie wartete, bis der Bus außer Sicht gefahren war. Dann atmete noch einmal tief durch und machte sich auf den

Weg zum Postamt, das neuerdings Partnerfiliale genannt wurde. Die Welt oder besser der Fiesling-und-Partner-Verlag wartete gespannt auf ihr Werk. Zumindest aber auf ihre Überweisungen.

Der Fuchs und die Gräfin

Es war einmal in einer Zeit, in der es noch keine Autos gab, keine Flugzeuge, keine Eisenbahnen, keine Videospiele und auch die heute so selbstverständlichen DVDs oder Smartphones waren gänzlich unbekannt. Zu dieser Zeit nun lebte eine alte und äußerst dürre Gräfin. Sie krankte schon seit längerem und hatte die Befürchtung, ihr Ende würde nahen. Ein Medikus folgte dem nächsten, doch wer sie auch konsultierte, alle gaben ihr die gleiche trostlose Diagnose und keiner vermochte ihr zu helfen. Gleichzeitig lebte auf dem Gut ein Gast. Wobei »Gast« es nicht richtig traf. Er scherte sich nicht um das Los der alten Dame. Nein, er räuberte Hühner, Gänse, Enten und anderes Federvieh. Und warum sollte ihn ihr Los auch kümmern, schließlich war er ein Fuchs und er tat, was er tat, weil es in seiner Art begründet lag. Die Gräfin war schwer verärgert ob dieses Eindringlings. Sie ließ ihn jagen und Fallen aufstellen. Der Fuchs aber entkam regelmäßig allen Versuchen dieser Art.

Doch wie das in Geschichten wie diesen ebenso üblich wie unvermeidlich ist, kam es, wie es kommen musste: Eines Morgens, an einem Donnerstag, es regnete übrigens und Vollmond hatte letzte Nacht geschienen, kam eine Magd aufgeregt in den Besuchersalon der Gräfin gestürmt und meldete bestürzt einen weiteren Diebstahl des Hühnerdiebes. Zufällig war gerade ein Mediziner von üblem Ruf Gast im Hause. Man sagte ihm nach, er würde mit dem Teufel persönlich im Bunde stehen. Und danach sah er auch aus. Die Gräfin hörte sich die Klagen der Magd an und wurde immer wütender. Sie schimpfte auf ihre Bediensteten und verfluchte den Fuchs. Außer sich vor Zorn erzählte sie dem staunenden Gast, dass sie wegen dieses Tieres noch einmal ins Armenhaus würde gehen müssen. Am Rande sei noch vermerkt, dass die Gräfin über umfangreiche Ländereien, mehrere Herrenhäuser sowie Dutzende Bedienstete nebst deren Familien, die sie wie Leibeigene behandelte, verfügte. Aber wie auch immer; Zorn glühte rosa hinter ihren pergamentenen Wangen. Sie konnte es nicht ertragen, dass jemand einfach daherkam und etwas aus ihrem Besitz nahm, aus *ihrem* Besitz! Obgleich, nun ja, obgleich sie doch eigentlich mehr als genug besaß.

Der Medikus, der zwar aussah wie ein wilder Wutz, jedoch alles andere als dumm daher kam, sah seine große Stunde nahen. Er ersann eine Möglichkeit, wie er schnell an ein paar hundert Taler, damals ein hübsches Sümmchen, kommen könnte, und schlug der Gräfin einen Pakt mit den Mächten der Finsternis vor. Die Seele dieses einen Fuchses sollte der Gräfin Gesundung verschaffen. Sie zögerte zuerst. Aber nachdem der Mann von fünfhundert auf vierhundertfünfundzwanzig im Preis heruntergegangen war, gab die Gräfin ihr Einverständnis.

Am nächsten Tag schon sollte das finstere Ritual vollzogen werden. Hierzu malte der Doktor, sofern er denn einer war, mit Kreide ein Pentagramm, einen fünfzackigen Stern, auf den hübschen und gewienerten Dielenboden des Salons. Er zitierte Sprüche aus einem Grimoire (einem magischen Zauberbuch) – zumindest bezeichnete er die zerfledderten Seiten seines Tagebuches als ein solches. Dann begann er eigenartige Gegenstände wie einen Dolch, mit dem gemordet wurde (angeblich), einen Spiegel, der dem Teufel gewidmet war und Blut einer Jungfrau (sie hatte allerdings schon zweimal Kinder geboren) um das Gebilde herum zu drapieren. Nun, er glaubte selbst nicht an die Wirksamkeit seines Tuns, aber im Nachhinein betrachtet, muss man ihm wohl zugestehen, dass er einiges richtig dabei gemacht haben musste. Aber dazu später mehr.

Um den Austausch der Seelen zu vollziehen, würde dann das Herz des besagten Fuchses geopfert werden. Nun, jetzt wird sicher der wunde Punkt dieses Handels deutlich: Es war der Fuchs, denn der musste erst noch gefangen werden. Es sei denn, er würde freiwillig sein Leben für das der alten Dame hergeben. Was aber als eher unwahrscheinlich galt.

Der nächste Morgen
Nebel waberte über die Wiesen. Die Blumen hatten ihre Kelche noch geschlossen. Irgendwo krähte ein Hahn. Das Leben kehrte langsam auf den Planeten zurück. Die ersten Sonnenstrahlen ließen den Horizont erstrahlen. Bienen stiegen auf, Sonnenblumen öffneten ihren Blätterkranz dem aufsteigenden Licht entgegen. In einem Bau nicht tief unter der Erde bewegte sich ein Kringel aus rotbraunem Fell. Eine Pfote wurde sichtbar und dann noch eine. Der Fuchs blinzelte verschlafen. Er streckte und reckte sich. Mit einem freundlichen Gähnen begrüßte er den neuen Tag. Sein Magen knurrte ein bisschen.

In der Ferne hörte er leises, aber näher kommendes Hundegebell. Er kannte es und er mochte es nicht. Er erhob sich und lief den Geräuschen entgegengesetzt zuerst aus seinem Bau und dann einen Abhang hinunter. Nach einer Weile wurde es ruhiger. Die Hunde waren kaum mehr zu hören. Der Fuchs verlangsamte seinen Gang, schnupperte hieran und daran. Er kam auf eine große, grüne Wiese zu. Hummeln schwirrten vereinzelt an ihm vorbei und der Schwarze Holunder stand jetzt kurz vor der Blüte. Sein Magen knurrte deutlicher. Zeit, nach Beute Ausschau zu halten.

Plötzlich und ohne jede Vorwarnung stürmten zwei riesige schwarze Monster auf ihn zu. Sabbernd und mit weit geöffneten Schlünden kamen sie ihm bedrohlich nahe. Erst in letzter Sekunde warf sich der Fuchs herum, stob, eine Kehrtwende andeutend, mitten durch sie hindurch. Einen Hügel hinauf, hinunter, dann den nächsten Aufwurf überwindend, ging es eine ganze Weile. Die beiden Verfolger ließen sich Zeit. Der Abstand blieb immer gleich. Die Jagdhunde, denn um solche handelte es sich, schienen nicht im Mindesten müde zu werden. Der Fuchs konnte das *so* nicht behaupten. Er spürte das Pochen seiner Muskeln und die Schmerzen in der Lunge.

Hinter einer Biegung und durch das Loch im Zaun kam er auf den Hof des Bauern. Die Hühner flatterten verängstigt auseinander, doch dafür hatte er jetzt keine Augen. Ein großer Kettenhund, Ben sein Name, lag wie immer angeleint vor seiner Hütte. Er roch den Fuchs und sprang instinktiv hoch. Im Lauftempo kam er sehr nahe an Bens Hütte vorbei und dieser schnappte zu. Damit war nicht zu rechnen gewesen. Ben galt sonst eher als ruhiger Vertreter seiner Art. Er hatte ihm nur selten und dann auch nur meist wenig Ärger beim Verschaffen seiner Mahlzeiten gemacht. Doch diesmal war dem Fuchs das Glück nicht hold und außerdem kam Pech hinzu. Er versuchte noch einen verzweifelten Haken zu schlagen. Bens Maul verfehlte ihn, aber eine Tatze riss ein Loch in sein seidiges, rot-braunes Fell und hinterließ tiefe rote Striemen.

Der Fuchs spürte den Schmerz kaum noch. Er rannte völlig erschöpft immer weiter und weiter. Über Äcker und Felder ging es bis zum Ufer des kleinen Flusses. Dort gab es eine hohe Uferböschung, die einem Graben gleich an den Seiten des Wassers verlief. Mit einem guten Sprung konnte ein Fuchs durchaus den Fluss überwinden und vielleicht dadurch auch die Hunde hinter sich lassen. Er setzte an zum großen Absprung, seine Verfol-

ger waren nur wenige Meter entfernt. Er warf sich in die Luft – doch, was geschah? Oh je, der Satz war zu kurz. Der Fuchs knallte böse gegen die Uferböschung. Er krallte sich an dornigen Zweigen fest und zog sich mit einem schon fast menschlichen Überlebenswillen nach oben.
Der Sprung hatte viel Zeit gekostet. Zu viel Zeit. Der erste der beiden Jagdhunde, der auf den poetischen Namen *Ori* hörte, war schon über die Böschung gehechtet. Der zweite, *Oin* sein Name, verfehlte, wie der Fuchs, auch die Oberkante. Platschend landete er im Wasser. Als sich ihr Opfer nun mühsam nach oben robbte, war *Ori* bereits über ihm. Er verbiss sich in seinem Fell. Und wie soll man es noch beschreiben – es sah übel aus für ihn. Der Fuchs blutete aus vielen Wunden, halb blind und schwer atmend, lag er da. *Oin* kam hinzu und sein Ende wäre eigentlich besiegelt gewesen. Die beiden Hunde aber waren sich nicht grün und es begann ein Streit um die Beute.

Zur gleichen Zeit im Herrenhaus der Gräfin
Alles war vorbereitet, es fehlte nur noch das Herz des toten Fuchses. Dem Medikus wäre ein schlagendes lieber gewesen. Aber nachdem ihm der Jagdmeister doch hatte begreiflich machen können, dass es schier unmöglich war, solch einen Räuber lebend zu fassen, hatte er sich besonnen, das Ritual ein wenig abgeändert und stolz der Gräfin noch am Abend zuvor verkündet:
»Wenne Euer Jagdmeister es schaffe und das Tier bringe und es weniger als eine Stunde nache dem Tode sei.« Er machte eine dramatische Pause und zischte dann weiter in beschwörendem Ton und mit bewusst falsch gesetztem Akzent: »Dann könne wirr das Rittual – unter großen persönlichen Mühen, wie ich an dieser Stell aanfügen möchte – trotzedem a wie besprochen durcheführen. Solle es so sein, teuerste Gräfin?«

Die Gräfin hatte sich, wie schon erwähnt, einverstanden gezeigt.

Als die beiden Hunde sich nun um den Fuchs balgten, schleppte sich dieser davon. Er sammelte noch einmal alle Kräfte, stemmte sich auf seine blutenden Pfoten und schwankte dem Waldessaum entgegen. Die Hunde bemerkten mittlerweile, dass ihr Jagdobjekt nicht mehr an der Stelle lag, wo es eigentlich noch hätte liegen sollen. Sie unterbrachen ihren Zwist und rannten dem Fuchs hinterher. Es folgte eine kurze Hatz. Der Fuchs, mit einem kleinen Vorsprung ausgestattet, hätte es vielleicht noch schaffen können. Er hätte vielleicht noch den Waldesrand erreichen und dort ebenso vielleicht im dichten Unterholz entweichen können. Aber siehe da! Er blieb stehen. Er begriff nun den immerwährenden Kreislauf des Lebens; des Gedeihens und des Sterbens, und die Kohärenz, die sich dahinter verbarg. Die Hunde kamen langsam auf ihn zu und töteten ihn dann ohne viel Aufhebens.

Eine Woche später war der Medikus abgereist und die Gräfin verstorben. Zeitgleich erwachte irgendwo auf dieser Welt ein Fuchsjunges zu neuem Leben. Aus einer gewissen Perspektive betrachtet, sah es fast wie eine kleine Gräfin aus.

Trojandtstieg

Jochen ließ die hinteren Türen zugehen. Jetzt, fast am Ende der Tour, stiegen nur noch Leute aus. Ein Mülllaster quälte sich an seinem Bus vorbei. Jochen winkte zum Gruß, waren ja auch irgendwie Kollegen. Der Laster bog im Zeitlupentempo nach rechts ab. Höchste Zeit, auch für ihn weiterzufahren. Er setzte Blinker links und gab Gas. Aus den Augenwinkeln bemerkte er eine Ameise, die über sein Armaturenbrett krabbelte. Sie war ungewöhnlich groß und rot gemustert. Und wie er dann auch noch feststellen musste, war sie nicht allein. Eine Zweite kam hinterdrein gelaufen. Jochen mochte keine Ameisen.

In der »BILD« (eigentlich las er lieber Mopo) hatte er von einem seltsamen Vorfall in Dulsberg gelesen. »Ameisenkrieg« war der blumige Aufhänger gewesen. Wahrscheinlich hatten die Spinner da alles nur aufgebauscht – Blöd-Zeitung eben.

Aber er sollte sich geirrt haben. Es war einer jener überaus wenigen Artikel, der sich weitestgehend an Tatsachen hielt.

Ameisen auf dem Dulsberg

Es war ein schöner Samstagvormittag. Klara Mosegger trat aus der Tür des Cafés am Straßburger Platz und schüttelte den großen Läufer aus. Es wunderte sie doch immer, wie viel Schmutz sich in so kurzer Zeit anzusammeln vermochte. Staubschwaden rieselten auf den Boden. Schwaden, in denen es sich regte und bewegte. Kleine Tierchen bildeten Spuren darin. Obwohl, so klein waren sie eigentlich nicht, die Tierchen. »Scheiß Ameisen«, brummelte Klara angewidert und zündete sich eine Zigarette an.

An sich hatte sie ja heute das Rauchen aufgeben wollen – wie gestern übrigens auch schon. Dann eben morgen, dachte sie und blies den Rauch besonders kraftvoll in den Wind.

Ein paar hundert Schritte versetzt im Inneren der Backsteinkirche, die sich am kürzeren Ende des Straßburger Platzes befand, war die Pastorin, Frau Jagoda, damit beschäftigt, den Altarbereich ein wenig umzustrukturieren. Das gehörte eigentlich nicht zu ihren vornehmlichen Aufgaben, aber es fiel der Landeskirche zunehmend schwerer, Personal und vor allem ausgebildetes Personal zu den finanziellen Vorgaben zu bekommen. So machten sie und die Ehrenamtlichen vieles eben selbst.

Hinter sich hörte sie etwas. Es war nicht unbedingt ungewöhnlich, in dem Gemäuer Geräusche zu hören. Hier klapperte und rumorte es immer ein bisschen, doch dieses Geräusch ließ sie aufschauen. Es war mehr ein Knarzen, so als säße jemand auf einer Bank. Da saß aber niemand! Der altbekannte Hausgeist? Sie musste lächeln, glaubte sie jetzt auch schon diesen Unfug? Na ja, wobei …

Das Geräusch kam von einer der Bankreihen Richtung Ausgang. Von ihrer Position aus (und bei dem schmalen Licht) konnte sich da gut der halbe Straßburger Platz verstecken oder eben niemand. Sie hielt sich nicht für besonders ängstlich, aber dennoch war ihr unwohl. Etwas lauter als nötig rief sie nach Frau Balzak vom Kirchenvorstand, die auch hier herumwuselte. Beide kannten sich gut, teilten auch schließlich die Wohnung und ihr Leben miteinander.

»Ruth, hast du das auch gehört?«, fragte sie in Richtung Empore. Ruth Balzak kam mit einem großen Blumentopf im Arm die Treppe herunter. Sie hat wunderschönes Haar, fand Frau Jagoda wieder einmal.

»Was soll ich gehört haben?«, fragte Ruth freundlich.

»Wahrscheinlich nichts, ist auch egal. Vielleicht könnte der Blumenkübel neben dem Kollektenständer aufstellt werden. Das müsste gut passen, farblich meine ich. Ich komme auch mit«, fügte sie noch rasch hinzu. Und in Gedanken: Außerdem ist das genau da, wo das scheußliche Geknarze herkommt.

»Okay«, Ruth lächelte süffisant und streckte den letzten Vokal in der ihr eigenen, typischen Art. Die Frau Pastorin ängstigt sich also wieder einmal. Sie kannte das schon.

Zusammen gingen sie bis zur Höhe der dritten Reihe. Kein Geist saß dort und aß Zwieback oder schlürfte wahlweise aus Menschenknochen. Und auch lag kein Randständiger mit einem Alkoholbaby im Arm zwischen den Reihen. Dennoch war das, was sie sahen, mehr als befremdlich. Direkt in der Mitte zwischen Reihe eins und zwei gab es Löcher, mindestens ein Dutzend. Nicht groß, aber sichtbar, und wie es schien, auch tief. Und sie waren neu. Rot gemusterte Insekten krabbelten darin herum. Ameisen, viele und ungewöhnlich große dazu.

Nahezu zeitgleich, aber doch einiges entfernt, öffnete Hans-Hermann Isert einen Kanaldeckel. Er war dabei ehrlich gesagt eher lustlos zugange. Sonst nicht seine Art, aber sein Kollege Stefan hatte sich wieder einmal krankgemeldet. Komische Erkrankung das, dachte er, direkt nach der Übertragung Deutschland gegen Bogota (0:2 für Bogo übrigens). Verdammt, wenn man saufen kann, kann man auch arbeiten. Das hatte sein Vater immer zu sagen gepflegt. Und recht hatte der alte Sack gehabt. Obwohl, auch er fühlte sich nicht besonders gut. Eines der Bierchen gestern – er hatte das Spiel natürlich auch gesehen – war wohl doch schon jenseits seiner Haltbarkeit gewesen. Er hätte auf die Sprüche seines längst verblichenen Erzeugers pfeifen und auch krankfeiern sollen. Egal, nun war er einmal hier.

Mit einigen durchaus markigen Flüchen wuchtete Isert den Gullideckel zur Seite. Technisch kein Problem, aber leichter ging es eben zu zweien. Dann betrat er die untere Welt Hamburg-Wandsbeks. Beziehungsweise Dulsbergs, wenn er etwa 50 Meter in nord-westlicher Richtung ging, was er auch tat.

Klara hatte wieder mit dem Rauchen-Aufhören angefangen. Sie saß innerlich irgendwie aufgewühlt an einem Tischchen vor dem Café, las die Mopo und wartete auf erste Kundschaft. Morgens zog sich das immer ein wenig. Aber dieser Samstagmorgen verlief von diesem Zeitpunkt an grundsätzlich anders als alle vorherigen Samstage und bewog Klara in seinem Verlauf, das Rauchen-Aufhören bis auf Weiteres einzustellen.

Was war geschehen? Zuerst hatte sie noch gesessen und in der Zeitung gelesen, doch dann war so etwas wie ein tiefes Raunen über den Straßburger Platz gerollt und alles hatte angefangen zu vibrieren. Ihre Tasse samt Untertasse war über den Tisch getanzt, und wenn sie sie nicht festgehalten hätte, auch darüber hinaus. Alles Feste schien in sich wackelig geworden zu sein. Wie ein Pudding, der geschüttelt wird, und das ruckartig und mehrfach hintereinander. **Erdbeben in Hamburg!**, so titelte es später die »BILD-Zeitung«. Aber das war natürlich Quatsch.

Frau Balzak und Frau Jagoda standen noch um die Löcher im Kirchboden herum, als auch sie das Rumpeln zu spüren begannen. Das ganze Gebäude ächzte und beim Altar fielen Kerzen herab. Putz rieselte von oben und deckte Sitzreihen weißlich ein. Sonst geschah nichts; das Haus des Herrn hielt stand.

Zeitgleich hatte Herr Isert den Großteil seines quartalsmäßigen Rundgangs hinter sich gebracht. Wobei es eigentlich kein quartalsmäßiger Rundgang gewesen war. Es hatte Meldungen über ungewöhnliche Rattenbewegungen gegeben. Die kleinen Racker tauchten vermehrt in der Oberwelt auf. Isert war das »Oben« von Berufswegen eher egal, aber es musste in seinem »hier unten« einen Grund dafür geben, und deshalb war er außerplan hier. Wäre es nach ihm gegangen, was es nie tat, hätte das auch Zeit bis nächste Woche gehabt – dann wäre auch Stefan vermutlich wieder »gesund« gewesen und auch die Zeit der regulären Inspektion.

Das Rumpeln und Ächzen hatte auch er mitbekommen, wenn auch eher schwach. Was ihn mehr beunruhigte, war etwas anderes gewesen: Es gab einfach zu *wenig* Ratten. Sonst erschienen sie immer durchaus zahlreich, heute nicht. Nur wenige sah er herumstreifen, dafür einige ihrer Kadaver. Dafür musste es Gründe geben. Erstens gab es in Hamburgs Kanalisation eine durchaus veritable Population des *rattus norvegicus*, der gemeinen Wanderratte und zweitens kam es eher selten vor, dass sie angegriffen wurden, was hier vermutlich der Fall gewesen war. Vielleicht Revierstreitigkeiten? Möglich, aber nicht wahrscheinlich. Alles eigenartig, dachte er.

Dafür bemerkte er Ameisen. Zuerst fiel es ihm bei den toten Ratten auf. Gut, dass da welche waren, gehörte vermutlich zu ihrem normalen Tagesgeschäft. Aber nicht nur da hatte er sie gesehen, sie hingen und krabbelten einfach überall und bildeten kleine, bizarre Häufchen, besonders aber in den Ritzen des Mauergewerks. Auch ihre Farbe und Größe erschien ihm ungewöhnlich. Sie waren riesig, drei oder mehr Zentimeter groß und rot mit schwarz oder umgekehrt schwarz mit rot, wie man wollte. Davon abgesehen, fragte er sich, wovon ernährten sie sich die Dinger eigentlich, wenn sie keine toten Ratten fanden? Und warum war überall Putz heruntergerieselt? Fraßen sie das Zeugs auch? Er wusste es nicht. Andererseits gehörten Ameisen wohl auch weniger zu seinem Aufgabenbereich. Eine Einschätzung, die er vielleicht doch besser hätte überdenken sollen. So im Nachhinein betrachtet.

Eine Woche später.

Herr Isert war wieder in seiner unteren Welt. Es hatte weitere Berichte über die kleinen Nager gegeben. Diesmal sollten sogar welche verängstigt aus Toilettenschüsseln gekrabbelt sein. Absoluter Schwachsinn, wie er fand. Und wie wollten die Leute bitteschön erkennen, wann eine Ratte verängstigt war oder wann nicht. Das konnte er selbst kaum sagen und er kannte die Viecher nun wahrlich gut. Auch war sein Kollege – welch ein Zufall – wieder erkrankt. Gestern gabs übrigens Deutschland gegen Mauretanien (0:2 für Maure). Und was war das für ein Spiel gewesen! Poldi schlecht und erst Gomez … am besten einfach nicht mehr dran denken. Innerlich nahm er Anlauf und rülpste laut. Es hallte schön nach, außerdem beruhigte es.

Mürrisch nahm er das zur Kenntnis, was er letzte Woche schon zur Kenntnis genommen hatte: wenig Ratten, viele Ameisen und noch mehr Staub. Er würde hier noch eine halbe Stunde sinnlos rumlaufen und dann irgendwo ein Bierchen zischen gehen. Zumindest nahm er sich das vor.

Klara Mosegger vom Café machte eine Pause. Sie saß vor der Tür und rauchte. Inzwischen hatte sie es eingesehen und mit dem Rauchen-Aufhören ganz aufgehört. Es schien ein schöner Samstagnachmittag zu werden. Ein paar Kunden saßen an den Tischen und unterhielten sich. Irgendwo klapperte jemand laut mit einem Löffel. Klara betrachte den vor ihr liegenden Straßburger Platz. Früher gab es hier mal einen schönen kegelförmigen Hügel mit einer Serpentinenführung zur Spitze hin, den sogenannten Dulsberg. Rechtsseitig stand da eine kleine Backsteinkirche. Sie war ein bisschen schräg gegen den Hang gebaut worden. Und hübsch war sie gewesen. Sie stand natürlich noch immer da, aber seit der Begradigung vor ein paar Jahren, die zum Entstehen des Straßburger Platzes führte, hatte die Kirche ihre Niedlichkeit verloren. Ihre Fundamente ragten jetzt bis zu fünf Meter aus dem Boden hervor. Nicht gerade schön, aber war halt so. Eigentlich, so hatte sie gehört, sollte die Kirche damals an die Crowleystiftung verkauft werden, aber das war wohl doch nicht geschehen. Schade eigentlich, die Käufer waren nette Leute gewesen, wenn auch immer arg dunkel gekleidet. Von weitem sah sie Frau Balzak und Frau Jagoda. Sie winkten ihr zu, als sie in ein Auto stiegen und wahrscheinlich zum Einkaufen wegfuhren.

Ein halbe Tasse Wiener Melange später rumpelte es. Ähnlich wie schon vor einer Woche. Geschirr fiel zu Boden. Klara lächelte entschuldigend und murmelte etwas von »seismischen Störungen« und dass das ganz normal sei und so. Die meisten Gäste beunruhigte das auch nicht weiter. Nur ein paar standen auf, zahlten und machten sich doch einigermaßen rasch davon. »Seit wann ist Hamburg Erdbebengebiet?«, flüsterte einer von ihnen im Weggehen seiner Frau zu. Sie zuckte nur mit den Achseln und machte noch schnell ein paar Schnappschüsse vom historischen Glockenturm vis-à-vis.

Noch ein kleines Ruckeln, dann schien sich die Situation wieder beruhigt zu haben. Klara hob Teile eines Aschers auf, der heruntergefallen war. Ist jetzt wohl doch Erdbebengebiet, dachte sie. Furcht verspürte sie eigentlich keine. Das bisschen Gerumpel würde sie jedenfalls weder verängstigen noch vertreiben.

Doch blieb nicht bei *ein bisschen Gerumpel*. Was dann folgte, lässt sich im Nachhinein schwer beschreiben. Ein gewaltiges Krachen, Donnern und albtraumhaftes Getöse brach los. Es war, wie es später ein literarisch interessierter Augenzeuge recht blumig ausdrückte, wie die Einleitung zu einer Weltuntergangs-Sinfonie. Klara wurde von ihren Füßen geholt und fand sich begraben von Kaffeegeschirr und Kuchenresten auf dem Trottoir wieder. Und das Beben hörte nicht auf. Eine weitere Welle von Erschütterungen folgte. Scheiben klirrten und die Fundamente der Backsteinkirche gerieten ins Wanken. Metergroße Steinblöcke lösten sich und fielen herab. Dann, in einem Augenblick der Ruhe, brach der Dachstuhl der Kirche in sich zusammen. Dröhnend folgten Sekunden darauf die Seitenwände. Nur der Glockenturm hielt, wenn auch schräg, vorerst stand.

War es vorbei? Klara kratzte sich Sahne-Baiser vom Pullover. Es waren gespenstische Augenblicke: Alles ruhte, nur Staubwolken waberten durch die Luft und die Glocke dongelte – wohl eher ihrer Schieflage wegen als dem Anlass geschuldet – in ihrem eigenen Rhythmus vor sich hin. Der Stadtteil schien den Atem anzuhalten.

Dann kam der Nachschlag und was für einer! Der Straßburger Platz machte von tief in sich ein unglaubliches nie gehörtes Geräusch, einen Basslaut, nahe der menschlichen Hörgrenze und sackte urplötzlich ab. Die Wagen der Marktbeschicker – Samstag war immer Markttag – gerieten in Bewegung. Zuerst nur millimeterweise, dann immer schneller werdend. Klara taten die Ohren weh und ihr war, als würde sie in Treibsand stecken. Um sie herum verlor alles Feste seine Konsistenz. Stühle, Tische, Autos, alles trieb auf die Verwerfung inmitten des Straßburger Platzes zu. Von den Wagen der Marktleute war nichts mehr zu sehen. Ein rotes Auto krachte mit dem Heck voran in das Loch hinein. Es folgten dumpfe Detonationen, Qualm wehte herauf. Dazwischen das Quäken von Dutzenden losgehender Autoalarmanlagen.

Klara begann zu schreien, auch sie wurde in diesen Malstrom gezogen. Der Untergrund schrägte sich immer mehr ab, wie bei einem Kipplaster, dessen Ladefläche immer steiler und steiler aufgestellt wird. Ihre Sinne begannen zu schwinden, da plötzlich ergriffen sie Arme und zogen sie aus dem Bereich heraus. Vollkommen erschöpft setzte sie sich irgendwo hin und verlor – eigentlich schon, bevor sie saß – das Bewusstsein.

Als sie es wieder erlangte, pulsierte es blau und rot vor ihren Augen. Überall waren Krankenwagen und Feuerwehr. Stimmen redeten, aber wie durch Watte hindurch. Ihr Gesicht war weißlich vom Staub gefärbt. Der Straßburger Platz existierte nicht mehr, er wirkte wie ausgeschlachtet. Ein riesiges Loch tat sich vor Klara auf. Auch die Kirche gab es nicht mehr. Lediglich ein Rest des Glockenturmes stand noch am Rande der Öffnung. Irgendwo jammerten noch immer Alarmanlagen. Mehrere Autos hatte es verschlungen. Sie sah Teile aus dem Loch herausragen, Stoßstangen, Reifen, Tischbeine. Ihre Tischbeine!, schoss es ihr durch den Kopf. Gottseidank war sie wenigstens versichert gewesen! War sie doch, oder nicht?

Die Katastrophe vom Straßburger Platz war wochenlang Thema in den Zeitungen von Kappeln bis Fürth. Es hatte hohen Sachschaden gegeben, aber scheinbar und wie durch ein Wunder keine Todesopfer. Ein Wiederaufbau der Kirche wurde nicht erwogen, auch schon der Kosten wegen. Lediglich den Platz schüttete man auf, sodass es dann doch wieder einen Dulsberg, respektive einen Dulshügel gab (siehe hierzu die Ausführungen im Amtlichen Anzeiger 11/77 in: Der Dulsberg muss weg!). Frau Jagoda und Frau Balzak wurden in die Frohe-Kunde-Kirche ein paar hundert Meter weiter versetzt. Eigentlich war sie schon vor Jahren mangels Zuspruch oder Geld geschlossen worden, aber da gab es die Backsteinkirche ja noch.

Zuerst waren sich die Fachleute nicht sicher, wie es zu dem Unglück hatte kommen können. Baupfusch wie in Köln wurde erwogen und auch Indizien gefunden, doch dann fand man den wahren Grund heraus. Erstaunlich, wozu Ameisen doch in der Lage sein können, insbesondere diese spezielle Hybridform aus südamerikanischen Blattschneider- und hiesigen Waldameisen. Die Blattschneiderameisen waren vermutlich auf Schiffen hergelangt und hatten sich mit den örtlichen Formen verbunden. Derlei kam vor, wenn auch nicht immer mit so dramatischen Folgen.

Was diese Vereinigung so unangenehm machte, war zum einen ihre Größe und zum anderen ihre Vorliebe für Mörtel, Kalk und Mauerwerk (wohl den heißen südamerikanischen Genen geschuldet). Sie bauten darin ihre Gänge und Nester – sehr weitläufige übrigens – und höhlten dadurch die Substanz aus. Das zusammen, mit dem Gewicht der Backsteinkirche und dem Trittschall des Marktes, vertrug sich auf Dauer nicht. Das galt auch für angrenzende Wohnanlagen (die Kolonie hatte sich weit über die Grenzen des ehemaligen Straßburger Platzes hinaus ausgebreitet). Die Sanierung kostete die Stadt Hamburg zwar nur einen Bruchteil dessen, was die Elbphilharmonie insgesamt verschlang, dennoch war es enorm. Wo viel Schatten ist, muss auch etwas Licht sein. Positiv ist nach Aussage der Kämmerer die Vorliebe der Ameisen für Nagetiere, vornehmlich Ratten. Was auch ihre sich in diesem Bereich stetig verringernde Anzahl bestätigt.

Der einzige Tote, der dann doch noch bei einer Ausschachtung gefunden wurde, war ein Kanalarbeiter namens Hans-Hermann Isert. Er hatte sich genau unterhalb des Kirchenschiffes befunden, als das Unglück über ihn hereinbrach. Tröstlich für ihn mag gewesen sein, dass sein Tod sehr schnell gekommen sein muss, als Hunderte und Aberhunderte Tonnen Gestein auf ihn einstürzten und ihn erst zerquetschten, dann zermahlten und letztlich nahezu pulverisierten.

Barmbek

Endhaltestelle und Schichtende. Nur noch wenige Fahrgäste waren übrig geblieben: eine alte Frau hinten links, ein junges Mädchen (er konnte gar nicht erinnern, dass sie zugestiegen war), ein Mann mit altmodischem Hut und das Swinger-Pärchen mit den Motorradkatalogen. Nach weniger als einer Minute waren alle gegangen. Der Letzte war der komische Kauz mit dem Hut gewesen.

Er saß allein in seinem großen Omnibus. Der Motor stand still. Es hatte längst aufgehört zu regnen, aber noch immer liefen vereinzelt Tropfen die Scheiben hinab. Noch Übergabe machen, dann ist Schluss, dachte er. *Schluss*, das letzte Wort hallte in seinem Kopf nach. Ihn überkam wieder einer seiner fürchterlicher Niesanfälle. Erst nach Minuten konnte er wieder normal atmen und denken.

Er wusste nicht, wo die zweite der Ameisen vorhin hingekrochen war. Aber eine der beiden, möglicherweise auch eine dritte – sie sahen sich ja doch recht ähnlich – klebte breit gequetscht unter einem Taschentuch. Leider hatte er eben im Eifer seines Nies-Gefechts auch nach eben diesem benutzten gegriffen. Deshalb war ein Teil von dem Viech jetzt an seine Nase gepappt. Aber ein zweiter Wisch machte alles wieder weg.

Jochen stand auf. Mit einem schwer zu deutenden Lächeln sah er noch einmal durch die Reihen. Er wischte mit dem Finger zärtlich über Sitze, Polster und Haltestangen. Ihm war, als wenn die Stille ein Geräusch wäre. Ein Geräusch, das er über alles liebte. Erst nach einer langen Weile verließ seinen 171er. Und das dann für immer. Bald darauf schon war er auf dem Weg zur Mundsburg und erfüllte sein Schicksal, oder das, was er dafür hielt. Davor holte er sich noch ein paar Dänische Brötchen und heißen Kakao, schließlich sollte man seiner Bestimmung nicht hungrig oder durstig gegenüberstehen.

Jochen Albers' seltsame Allergie

Jochen Albers war seit frühester Kindheit allergisch. Warum oder gegen was, vermochte ihm keiner zu sagen. Aber seit er sich erinnern konnte, nieste, schnupfte und zog er in einem fort die Nase hoch. Es war ein Kreuz, und das keineswegs nur für ihn.
Seine Kindheit wie auch Schulzeit wurden nicht gerade von herausragenden Leistungen geprägt. Mittelprächtig, wie alles an ihm, erreichte er mehr schlecht als recht den Realschulabschluss. Mit siebzehn begann er eine Ausbildung zum Kaufmann in einem Geschäft für Seebedarf. Es lief zuerst gut, unerwartet, möchte man fast meinen. Jochen zeigte sich bemüht, und man war auch durchaus zufrieden mit ihm. Aber auch dort geschah nach einiger Zeit wieder das, was ihn schon zuvor zur Genüge begleitet hatte: Sein Geniese, Geschnupfe und Nasenhochgeziehe trieb die Kollegenschaft einen nach dem anderen in den vorgezogenen Wahnsinn. Seiner Mutter schließlich gelang es nur mit Mühe und erheblich mehr als gutem Zureden, seinen Chef davon zu überzeugen, ihn wenigstens die Prüfung noch machen zu lassen. Danach wurde er neuestes Mitglied im Heer der Arbeitslosen.
Irgendwann fand Jochen neue Arbeitgeber und etwas später auch eine Frau. Sie heirateten, bekamen aber keine Kinder. Mag sein, dass sie im Rahmen des Möglichen glücklich miteinander waren. Jochens Allergie indes schien mit den Jahren noch zuzunehmen. Seine Frau, ein adrettes, aber nicht sehr anspruchsvolles Wesen, überzeugte ihn, eine allergologische Schwerpunktpraxis aufzusuchen. Nicht, dass er früher nicht schon bei entspre-

chenden Fachleuten gewesen wäre. »Aber«, so argumentierte sie (und das auch gerne öfter), »die Medizin habe auf diesem Gebiet und vor allem in den letzten Jahren große Fortschritte erzielt«. Sie bezog ärztliches Fachwissen seit jeher aus der *Apothekenumschau* und der *Bild der Frau*. Nun, die Medizin hatte tatsächlich Fortschritte erzielt, aber nicht besonders viele und auch keine großen. Anfangs halfen die neuen Medikamente ein bisschen. Er musste stinkende Tinkturen zu sich nehmen oder sich ebenso stinkende Lappen aufs Gesicht drücken lassen, bekam Pflaster mit schwarzen sich windenden Einschlüssen auf die Nase gepappt und sollte nur noch auf einer Seite schlafen – wenigstens durfte er sich aussuchen auf welcher. Doch schon nach wenigen Wochen schien der alte Stand auf seiner nach oben offenen Allergieskala wieder erreicht zu sein (und gefühlt noch einiges darüber hinaus). Jochen jedenfalls war am Verzweifeln. Doch was sollte er tun? Was konnte er tun?

Mitten in einer der darauffolgenden Nächte und aufgeschreckt aus tiefstem Schlaf riss er die Augen auf. Fast senkrecht saß er im Bett. Schweiß rann ihm über das Gesicht. Er hatte geträumt. Oder war es eine Vision gewesen? Jedenfalls wusste er nun, warum er immer nieste, schnupfte und in einem fort die Nase hochzog. Wusste, wogegen sich seine Allergie wirklich richtete. Sie bezog sich nicht auf Nüsse, Düfte, Grünzeug oder dergleichen. Nein, das waren nur Ausprägungen; Symptome. Er war gegen das Leben selbst allergisch! Niemand hatte ihn gefragt, ob er geboren werden wollte. Ob er überhaupt hier sein wollte. Oder welchem Sinn das alles diente. Niemand und niemals. Und vielleicht wollte er ja gar nicht hier sein. Ach, wäre ihm das nur früher klar geworden, dachte er. Geändert hätte es mithin wenig.

An Schlaf war nicht mehr zu denken. Natürlich. Ein Plan reifte in ihm. Und bereits am Nachmittag des nächsten Tages setzte er ihn um und tat das, was ihm nunmehr einzig sinnhaft erschien. Nach seiner Schicht als Busfahrer kletterte er auf den linken der Mundsburg-Türme, was nicht ganz einfach war und ließ sich von dort in das pulsierende Geschehen der wachsenden Stadt hinabfallen. Im Flug die Arme wie ein Engel ausgebreitet.

Nachdem sein letzter Atem die zerschlagene Mundhöhle verlassen hatte, verstummte auch endgültig das Schniefen, Schnäuzen und Nasehochgeziehe. Manch Umherstehender meinte, Jochen Albers Mundwinkel zu einem Lächeln verzogen zu sehen. Aber das konnte auch zufällig sein, hervorgerufen durch die vielfachen Frakturen seiner Gesichtsknochen.

Athos und Porthos, die beiden Titanen, die auf einem etwas versteckt liegenden Seitenarm des Olymp saßen und von dort dem Lauf der Welt folgten, erfuhren durch den Wind von Jochens Tragödie. Porthos war sehr aufgebracht. Zum ersten Mal seit Äonen ergriff er das Wort.

»Ich finde das unerhört!«, rief er aus. Seine Stimme ließ die Felsen ringsherum erzittern.

»Was findest du unerhört?«, fragte ihn Athos ruhig.

»Die Schöpfung darf durch den Menschen nicht verändert werden. Das war immer schon so und wird auf immer so sein!«

»Darf sie das also nicht?«, gab Athos fragend zu bedenken. Er war der weisere von ihnen.

»Nein!«

»Und was ist, wenn der Sprung sein Schicksal gewesen ist, von Anfang an vorherbestimmt?«

»Das wäre ... aber«, fügte er rasch hinzu, »die Schöpfung würde derlei niemals vorherbestimmen.«

»Ach, Bruder, wer weiß das schon, wer weiß das schon.«

Damit schwiegen beide. Wieder einmal. Und erst als die Jahrhunderte Jochens längst zu Staub zerfallene Knochen hinfort getragen hatten, ergriff Porthos wieder das Wort: »Vielleicht, Bruder, hattest du doch recht«, meinte er, es klang fast ein wenig kleinlaut. »Vielleicht war seine Handlung doch vorherbestimmt und sein Handeln somit folgerichtig.«

Aber da war es schon egal, denn Athos, der weisere von ihnen, war auch zu Staub zerfallen und von den nie aufhörenden Winden in alle Richtungen verweht worden.

+++ ENDE +++

Was fehlt

Der Dulsberg muss weg! war 2009 mein Beitrag für eine Anthologie zum Thema Dulsberg. Für alle nicht aus Hamburg stammenden: Dulsberg ist der Name eines Stadtteils, der, und das mag das Besondere an ihm sein, über alles, nur nicht über einen namensstiftenden Berg verfügt.
Für diese Sammlung erschien mir die Geschichte zu lang. Ganz vorenthalten möchte ich Ihnen Frau Monkel, Herrn Numps, Frau Drevermann (nicht zu verwechseln mit Frau Drewesenen) und all die anderen aber auch nicht. Und natürlich auch den Dulsberg, der ja weg muss (in diesem Absatz mal ohne Ausrufezeichen).

Der Dulsberg muss weg!

Berg, Aufwurf/Anhäufung von Erdmasse von mindestens 1000 Meter Höhe. Meist natürlichen Ursprungs. Kann aber auch durch Aufhäufung zum Entstehen gebracht werden. Die Höhe ist gesetzlich geregelt. Siehe hierzu auch Gesetz über Erderhebungen und Gebirgszüge Schleswig Holsteins (inhaltsgleiche Übernahme in der gesamten BRD zum 01.11.'77). Von der gesetzlichen Regelung ausgenommen sind Namengebungen natürlicher Personen.

Aus: Geografie und Höhenzüge,
von Dr. Lösch Bergmann
Desserauer Verlagsanstalt, 1985

Starker Wind wehte über Dulsberg und rüttelte an den Schindeln der riesig erscheinenden Backsteinkirche, die einstmals schräg gegen den Hang gebaut worden war. Heute mag sich kaum noch einer an den mächtigen Aufwurf vielleicht einmal vulkanischen Urgesteins erinnern. An diese fast siebenhundert Meter große Anhöhe, die man weithin nur *den Alten Dulsberg* nannte, und die zudem die Kirche weit überragt hatte. Früher aber war das anders gewesen. In einer Zeit, in der noch Straßenbahnen das Stadtbild prägten und wo Ampelschaltungen fußgängerfreundlich regelten, da sah man den Dulsberg gut. Na ja, um der Wahrheit genüge zu tun, so monumental erhob er sich unsere Hügelung nun auch wieder nicht, aber sie konnte sich schon gut vom restlichen Stadtbild abzeichnen. Die Problematik, einige mögen es bereits erahnen, liegt in der Namensgebung. Denn unser *Dulsberg* überragte den Meeresspiegel nur wie bereits oben beschrieben um knapp siebenhundert Meter oder genauer gemessen sogar nur um 666 Meter. Eine merkwürdige Höhe, nicht wahr? Wie auch immer, für die Bezeichnung »Berg« fehlten dem Aufwurf, wenn man es gesetzeskonform sah, mehr als 300 Meter.

Lange Zeit war die Brisanz der Namensgebung niemandem aufgefallen. Warum auch, könnte man meinen und hätte sicher nicht unrecht damit. Die Bergstraßenbahn fuhr unbeschwert über ihn hinweg und die alleinerziehenden Väter des *Vereins der alleinerziehenden Väter e.V.* schoben wie eh und je ihre Kinderjogger vor sich her. Aber selbstverständlich hatte dieser Zustand nicht für immer bestehen bleiben können.

Es geschah an einem Montagmorgen. In der Nacht zuvor war übrigens Vollmond gewesen. Frau Monkel von *Monkels Plissee-Annahme* aus der Dithmarscher Straße - rechte Seite - bemerkte die bislang unentdeckt gebliebene Problematik als Erste. Für das Kreuzworträtsel in *Blöd für die Frau* wollte ihr einfach nicht der Name für »ein natürlich gewachsenes Gebilde von mehr als 999 Meter Höhe« mit vier Buchstaben einfallen. Also schlug sie im *Großen Kreuzworträtsler*, der Bibel für geübte Rätselrater, das im Regal gleich neben dem ebenso großen *Konz (1000 legale Steuertricks)* vor sich hin staubte, nach. Und tatsächlich, sie wurde fündig. Die richtige Antwort für ein solches Gebilde lautete in aller Schlichtheit: Berg.

Und damit kam der Stein, der nicht in Bewegung hätte geraten sollen, ins Rollen. Denn die darüber sehr aufgebrachte Frau Monkel und mit ihr die gesamte Lauf- und Stammkundschaft, darunter auch zwei Väter der Initiative von *Hoppla, jetzt kommen wir!*, einer neu gegründeten Untergruppe von *Alleinerziehende Väter e.V.*, fragten sich auch: Wenn sich ein Berg erst ab tausend Metern »Berg« nennen darf, mit welchem Recht nennt sich denn dann der Dulsberg Dulsberg?

In aufgeheizter Stimmung kursierte die Thematik den ganzen Vormittag im Ladengeschäft. Hierbei sei noch angemerkt, dass seinerzeit nach der Hamburger Sturmflut vom Februar 1962, die das Massiv um den späteren Straßburger Platz fast überspülte, auf einer eigens auf ihm angebrachten Gedenktafel – neben dem Eingang von Moped-Löwer – auch die exakte Höhe des Aufwurfs verzeichnet worden war. Diese Tafel befand sich bis vor kurzem noch an besagter Stelle. Sie wurde aber nach den folgenden dramatischen Ereignissen eines Morgens und ohne großen Aufhebens seitens der Amtsführung entfernt. Aber dazu später mehr.

Dirk Schirmheck von *Hoppla...* kam als Erster auf die im Raum stehende Frage: Wie müsste ihr Höhenzug denn nun richtig heißen? Dulshügel, Hügelduls, Dulsberger Hügel, Weißenburger Hügel, Straßburger Hügel, Dulsberger Anhöhe, Gebweiler Massiv oder – quasi als Antonym – Dulstal? Gute Frage, was also tun? Eine

Arbeitsgruppe wurde an Ort und Stelle gegründet und auch gleich die erste Sitzung abgehalten. Man erwog verschiedene Namen für ihr Komitee in Gründung und Dirk erklärte sich in diesem Rahmen grundsätzlich bereit, Öffentlichkeitsarbeit zu leisten. Er würde die Beschlusssitzung aber vorzeitig verlassen müssen, da er noch Windeln und Feuchtbabytücher einkaufen musste. Alle Anwesenden, aber insbesondere Frau Kneselbeck, zeigten sich sehr angerührt darüber. Frau Drewensen, die auch dabei war, hatte dann die Idee, Dirk könne während seines Einkaufes doch gleich die erste offizielle Befragung durchführen.

Dirk sagte, wenn auch leicht genervt, sofort zu. Mit einem:»... is` gut Leute, geht klar, mach ich«, verließ er dann *Monkels Plissee-Annahme*. Frau Kneselbeck verspürte währenddessen ein seltsames Ziehen in ihrem Inneren und ganz warm wurde ihr auch. Es war lange her, dass sie Derartiges verspürt hatte.

Dirk hielt Wort. Kurz darauf schon stand er mit Lothar Billig (er heißt wirklich so), dem Filialleiter des Supermarktes am Straßburger Platz, in Höhe der Senfgurken und befragte ihn im Auftrag der Gruppe. Herr Billig hatte die Idee, dass ein zu klein geratener Berg vielleicht *Bergle* heißen könnte. Der Annex »*le*« ist eine übliche Zugabe im badischen Raum, und da Herr Billig selbst aus dieser Gegend stammte, lag das natürlich auch nahe. Nur, wie er darauf etwas kleinlaut eingestand, benutzte man diesen Begriff eigentlich nur für ganz kleine Bergle – Ameisenbergle oder Ähnliches. Sie kamen überein, dass die grundsätzliche Frage damit ungeklärt blieb.

Der nächste Tag
In den hinteren Räumen von *Monkels Plissee-Annahme* wurde die zweite Sitzung abgehalten. Vielleicht ist es jetzt an der Zeit, einmal die Mitglieder im Einzelnen vorzustellen: Da war zum einen Dirk von *Hoppla, jetzt kommen*

wir!, Nichtraucher und alleinerziehender Vater. Dann ein Herr Numps aus der Dithmarscher Straße 41 und Frau Drewensen, die Witwe von Steuerobersekretär Oskar Drewensen, der bereits vor mehr als siebenundzwanzig Jahren verstarb. Frau Drevermann, nicht zu verwechseln mit Frau Drewensen, hatte das Schuhgeschäft schräg gegenüber. Frau Monkel gehörte selbstverständlich ebenso dazu wie auch Frau Kneselbeck, die mit zweiundvierzigeinhalb Jahren das jüngste Mitglied der Runde darstellte. Dirk wurde da irgendwie nicht zugezählt. Hätte man es, so wäre er es mit sechsunddreißig natürlich gewesen. Die Sitzung endete mit dem Beschluss, ihre Arbeitsgruppe fortan *Dulsberger-Komitee* zu nennen. Bis auf den immer schon sehr oberkritischen Herrn Numps, der anmerkte, dass in dem Wort »Dulsberger« ja schon der irreführende Begriff »Berg« vorkäme, zeigten sich alle anderen einverstanden.

Die Idee einer Behördenbefragung wurde ersonnen. Vielleicht, so der Gedanke, ist das Problem dort längsthin bekannt und es wird schon eiligst an einer Lösung gearbeitet. Frau Drewensen war übrigens sehr für diesen Vorschlag. Man einigte sich insgesamt auf folgende Vorgehensweise: Frau Monkel und Frau Drevermann würden eine Befragung ihrer Kundschaft durchführen – das lag irgendwie nahe und ein entsprechender Fragenkatalog war durch Dirk dankenswerterweise schon erstellt worden. Auf die wirklich sehr anerkennenden Blicke der Gruppe, dabei vor allem von Frau Kneselbeck, antwortete Dirk nur selbstbescheiden: »Ein Soziologiestudent«, Dirk studierte in der Tat seit längerem Soziologie, »denkt halt mit, das ist doch selbstverständlich.«

Herr Numps, Frau Drewensen und Frau Kneselbeck, also der Rest der Truppe, bekamen die Aufgabe, das für solche Fragen zuständige Amt aufsuchen. Dirk bot an, im Internet die richtige Behörde zu ermitteln. Da er selbst keinen Computer besaß, sagte ihm daraufhin Frau

Kneselbeck spontan jegliche Hilfe zu und bot ihm in diesem Rahmen auch gleich ihren privaten Internetzugang an, was unter den Anwesenden doch zu einigen Irritationen führte.

Gesagt, getan; während Frau Monkel und Frau Drevermann, die leider nur sehr ergebnisarme Befragungen ihrer Kundschaft durchführten, hatte Dirk einen Termin für den 23. bei einem Herrn Wollberg vom Amt für Denkmalschutz abgesprochen. Frau Kneselbeck verkündete einen Tag davor, überraschend, aber sehr energisch ihren Austritt aus dem Komitee. Dirk übernahm ihren Platz bei der noch anstehenden Besprechung. Ansonsten hielt er sich bedeckt, wenn es um Nachfragen bezüglich Frau Kneselbeck oder um mögliche Begründungen ging.

Am dem besagten 23. um 10.30 Uhr saßen dann die drei Vertreter des Komitees im Zimmer von Herrn Wollberg, der übrigens ausgesprochen nett war, wie Frau Drewensen fand. Er erinnerte sie doch auch sehr an ihren Oskar. Und auch Dirk und Herr Numps fanden den Beamten durchaus hilfsbereit. Nur half ihnen das wenig, denn Herr Wollberg war ausschließlich für den Bezirk Bergedorf zuständig. Als weitere Schwierigkeit kam hinzu, dass das Amt für Denkmalschutz für *aus natürlicher Masse angehäufte, innerstädtische Erdhaufen* auch sonst keine Zuständigkeit besaß, wie Nils, so hieß Herr Wollberg mit Vornamen, noch hinzufügte. Nur, wer denn nun zuständig war, das wusste er leider nicht zu sagen.

Und auch die anderen Stellen, Ämter, Behörden, Bergvereine, Genossenschaften, karikative Stiftungen, Finanzämter, Sozialstationen, Stadtteilarchive und Landesvertretungen, die sie nach und nach aufsuchten, konnten ihnen nicht weiterhelfen. So gingen denn mancher Monat und auch manches Jahr ins Land. Das Komitee beschloss, und die gegebenenfalls benötigten Adressen brachte Dirk Kneselbeck-Schirmheck (er hatte überraschend geheiratet) in Erfahrung. Die dortigen Mitarbeiter zeigten sich zumeist freundlich und zuvorkommend (solange Herr Numps nicht wieder mit seinen Bemerkungen über Beamte im Allgemeinen anfing). Letztlich aber besaßen sie allesamt keine Zuständigkeit für die Dulsberger Aufhäufung und wussten auch nicht, wer sie denn haben könnte. Es war schon deprimierend.

Schweren Herzens beschlossen die sechs Mitglieder des Dulsberger Komitees im dritten Jahr ihres Bestehens ihre Auflösung. Es wurde noch einmal eine Abschlusssitzung im Laden von Frau Monkel abgehalten und alle Beteiligten, wozu ja auch seit längerem Frau Kneselbeck-Schirmheck wieder gehörte, wollten weiterhin in enger Verbindung verbleiben. Bis auf Herrn Numps, der auch sonst allgemein gemieden wurde, lagen sich alle in den Armen und manch einer weinte auch ein bisschen.

Aber wäre dies alles gewesen, wären sie danach einfach nur nach Hause gegangen und hätten Kaffee getrunken oder Schnittchen gegessen, dann hätte diese Geschichte, die natürlich ebenso wahr ist, wie alter Achselschweiß gut riecht oder BILD unparteilich ist, so schön enden können! Alles wäre geblieben, wie es war und ich könnte weiterhin den Kinderjogger vor mich herschiebend auf die Bergstraßenbahn unten am Hang warten. Aber nein, es sollte nicht sein! Die Schuld daran trug niemand anderes als Dirk Kneselbeck-Schirmheck oder nur Schirmheck, wie er bald wieder heißen sollte. Denn er besaß die ausgesprochen suboptimale Idee, abschließend, nur um den bürokratischen Apparat ad absurdum zu führen, wie er es nannte, eine Anfrage ohne Absender, also anonym, an eine x-beliebige Behörde zu versenden. Und natürlich hatte er diese bereits vorbereitet und mitgebracht. Das Komitee zeigte sich bis auf

Frau Drewensen, die leichte Einwände erhob, überwiegend einverstanden.

Lange Zeit geschah nun nichts. Viele, viele Wochen irrte dieses Schreiben ziellos zwischen den Verwaltungsinstanzen umher. Es wurde von der Behörde für Soziales an die Finanzbehörde gesandt. Von da aus kam es über unendlich erscheinende Dienstwege zur Baubehörde, dann zur Schulbehörde, um danach vorübergehend auf dem Schreibtisch des Herrn Wollberg vom Amt für Denkmalschutz zu landen. Auch er erkannte wiederholt seine Nichtzuständigkeit und schickte es zurück an die Schulbehörde. Irgendwann landete dieser Brief, der inzwischen übersät war von Eingangsstempeln aller Art und diversen Zusätzen wie *Irrläufer* oder *zurück an Behörde XY* an der richtigen Stelle. Wie das geschah, vermochte letztlich keiner mehr genau nachzuvollziehen, aber es geschah. Frau Jagoda von der *Vergabe für innerstädtische Erdanhäufungen*, einer ziemlich in Vergessenheit geratenen Abteilung im Amt für Bau und Vertrieb, war tatsächlich zuständig. Ein Zahnrad fand nun ein anderes und dieses wiederum ein weiteres und gemeinsam, mit quälendem Knirschen im Getriebe, gruben sie sich, beinahe sanft möchte man sagen, in die schartigen, rostigen Aussparungen eines noch größeren vierten Rades und setzten es zitternd und polternd in Bewegung. Mit anderen Worten und in einem Satz: Die Behörde begann zu arbeiten.

Die Sachgebietsleiterin Frau Jagoda übergab den Fall nach sehr eingehender Zuständigkeitsprüfung an den Sachbearbeiter des Bezirkes I, Herrn Andresen. Da sich Herr Andresen zurzeit in Elternzeit befand, wurde die Akte, um die es sich nunmehr handelte, an Herrn Johannsen den Bearbeiter des Bezirkes II (Hamburger Grenzgebiete und zusätzlich Mühlenberger Loch) weitergeleitet. Herr Johannsen kam zu dem Schluss, dass der Sache wohl nachgegangen werden müsse.

»Wir werden nicht umhinkommen«, meinte er während einer Besprechung mit seiner Sachgebietsleiterin, »im Fall des Dulsberger Hügels eine Ortsbestimmungsneuuntersuchung auf den Stichtagswerten vom 01.01.1937 mit vermutlich anschließender Aufschüttung vornehmen zu müssen.« Herr Johannsen drückte sich gerne genau aus.

»Das wird aber teuer«, merkte Frau Jagoda missmutig an.

»Ich denke, ich weiß, was Sie meinen«, meinte Herr Johannsen, der es eigentlich nicht genau wusste. »Aber wer weiß schon, über wie viele Tische das da«, er zeigte dabei auf den Brief des Komitees, »schon gegangen sein mag und wie viele Kopien davon überall in den Sachgebieten aller möglichen Ämter herumschwirren. Wahrscheinlich«, er faltete seine Hände, »kommt sogar noch mehr davon, wenn wir nichts unternehmen und außerdem«, dabei schob er ihr leicht lächelnd ein Schriftstück mit vier säuberlich angefertigten Durchschlägen über den Schreibtisch, »ist der Fall sowieso schon nahezu abgeschlossen.«

»Nahezu abgeschlossen«, rezitierte Frau Jagoda. »Dann lassen sie mich mal schauen.« Sie überflog die Zeilen, nickte nach einer Weile zustimmend und zeichnete die Anordnung, um die es sich handelte, schließlich gegen. Ein abgeschlossener oder wenigstens fast abgeschlossener Fall sah immer gut in der Statistik aus. »Ok, Herr Johannsen, gehen Sie so vor, ich bin damit einverstanden.« Mit diesen Worten schob sie die Papiere – vielleicht eine Spur zu rasch, um gänzlich souverän zu wirken – zurück zu ihrem Sachbearbeiter. Anschließend lächelte auch sie leicht, wenn es auch eher verkrampft daherkam.

Die Erstschrift trug die Überschrift: *Anordnung einer Ortsbestimmungsneuuntersuchung* und gerichtet war sie an die

Bezirksverwaltung von Hamburg Dulsberg. Dass etwas Allgemeingültiges wie eine Namensneubestimmung mit ggf. anschließender Aufschüttung – das stand dann weiter unten – nicht im Entscheidungsbereich des Bezirkes liegen kann, leuchtet sicher ein. Trotzdem herrschte bei der Dulsberger Bezirksversammlung keine schlechte Überraschung, als eines schönen Tages, interessanterweise lag Vollmond erst eine Nacht zurück, eben dieser Verwaltungsakt auf ihren Tisch flatterte, um das einmal etwas blumiger zu formulieren.

Aber worum ging es überhaupt? Diese Frage beschäftigte natürlich auch die Bezirksversammlung. Der Anordnung beiliegend befand sich in Kopie jenes Schreiben, welches dereinst anonym vom *Dulsberger-Komitee* abgeschickt worden war. Zwar konnte es wegen der vielen Stempel und handschriftlicher Anmerkungen kaum mehr als lesbar bezeichnet werden, aber soviel war trotzdem erkennbar: Der Verfasser hatte in orthografisch bedenklicher Weise die Frage aufgeworfen, ob der Dulsberg aufgrund seiner geringen Höhe eigentlich Berg genannt werden dürfe? Und in der Tradition einer Frage, die sich selbst beantwortet, Kopien aus dem Amtlichen Anzeiger 11/77, explizit ein Ausriss des Gesetzes über Erderhebungen und Gebirgszüge Schleswig-Holsteins aus dem Jahre 1963, beigefügt. Neben der Zahl 1963 hatte jemand *aktuelle Regelung, Stichtag: 01.01.1937, neue Erhebung 2046 geplant* geschrieben, vermutlich ein mit Fall betrauter Bearbeiter.

Das Amt für Bau und Vertrieb, Abteilung innerstädtische Erdanhäufungen II, kündigte darauf Bezug nehmend Baumaßnahmen an, mit dem Ziel, den Aufwurf auf mindestens eintausend Meter ü. d. M. aufzustocken (wahrscheinlich noch etwas mehr, um möglichen Absenkungen vorzubeugen). Und das war natürlich ein Hammer! Als die Sache dann im Mantel der Verschwiegenheit durch den Stadtteil ging, und das ging überaus schnell, hörten auch die ehemaligen Mitglieder vom *Dulsberger-Komitee* davon und beschlossen ad hoc, ihre Gruppe neu zu formieren. Diesmal jedoch mit dem Ziel, ihren Hügel in alter Höhe zu erhalten.«... denn es kann ja wohl nicht angehen«, wie Frau Monkel mehrmals hintereinander herausprustete, »dass der Amtsschimmel wiehert und unser schöner Berg ... bzw. Hügel«, verbesserte sie sich schnell, noch bevor Herr Numps es schaffte seinen Mund zu öffnen, um zu protestieren.«... also, wenn unser schöner Hügel in eine hochalpine Mondlandschaft verschandelt wird! Das ist doch unglaublich!«

Selbst Frau Drewensen, die Beamten gegenüber keinerlei Berührungsängste besaß, nickte zustimmend. Nein, so was konnte man sich nun wirklich nicht gefallen lassen. »Wer sich das wohl wieder ausgedacht hat?«, fragte sie dann aufgebracht in die Runde. »Wäre mein Mann noch bei der Behörde, gäbe es solcherlei Unsinn nicht! Ja, eine Schande ist das!«

Bis auf Frau Kneselbeck, die seit letztem Monat offiziell geschieden war und einfach den Hörer aufknallte, als Frau Monkel versuchte, bei ihr anzurufen, schlossen sich alle Mitglieder erneut dem Komitee an. Dirk gehörte zwar auch wieder zur Runde, schloss aber aus, an irgendwelchen größeren Aktionen teilzunehmen, weil er neuerdings bei *Hoppla...* mit seinen nunmehr beiden Kindern stark eingebunden war.

Am Dienstag der folgenden Woche kam es dann zum großen Showdown, wie man im angloamerikanischen Bereich zu Abschlussveranstaltungen zu sagen pflegt. Herr Johannsen, Frau Jagoda und die Mitglieder des Ortsausschusses wollten sich den Fragen und Befürchtungen der Anwohnerschaft stellen. Als Ort hierfür wurde die kleine rote Backsteinkirche am Rande des Hügels ausgewählt. Ein denkbar provokanter Ort, wenn am bedenkt, dass gerade sie durch die Aufschüttung akut vom

Abriss bedroht war. Dass die Kirche das Gebäude an die Crowleystiftung verkaufen wollte, galt auch allgemein hin als bekannt und gab der Stätte dadurch noch eine ganz besondere Note.

In den letzten Jahren gehörte die Kirche, wie viele andere auch, nicht gerade zu den gut besuchten Einrichtungen – außer an Weihnachten und Ostern natürlich. Aber an diesem Abend war sie bis zum Bersten gefüllt. Einige der Anwohner mussten sogar im Hauptgang stehen. Derartiges hatte Frau Balzak vom Kirchenvorstand lange schon nicht mehr erlebt (eigentlich noch nie, wenn sie ehrlich war).

Nachdem sich alle gesetzt hatten, die Handys ausgestellt und das übliche Gemurmel allmählich verebbt war, begann die Gesprächsrunde. Die Stimmung dabei war unerwartet entspannt. Das änderte sich erst durch die Ausführungen Herrn Johannsens, der nach einer eher allgemeinen Einleitung zu dem Schluss kam, dass die Stadt gar keine andere Wahl besaß, als den Aufwurf aufzuschichten oder den gesamten Bereich sehr kostenintensiv, wie er nicht müde wurde zu betonen, umzubenennen.

»Die Gesetzeslage ist da eben eindeutig«, meinte er. »Die Regelung besagt unzweifelhaft, dass ein Berg erst dann als ein solcher gilt, wenn er mindestens über einen Kilometer an Höhe verfügt und nicht nur über knappe 700 m, wie der Dulsberg ... Hügel, meine ich natürlich.« Nachdem einige Stimmen wissen wollten, wo das denn genau stehen würde, hielt Herr Johannsen einen Amtlichen Anzeiger aus dem Jahre 1977 hoch. »Wenn Sie mir nicht glauben wollen, bitte sehr, lesen Sie es doch nach! Es steht alles in der Ausgabe 11/77, ab Seite 900 ff.«

Das beruhigte die Situation wieder etwas. »Und das Aufschütten, Leute«, sagte er dann, »kommt dem Steuerzahler, also uns allen, um einiges billiger.« *Verbales auf Menschen zugehen* war letzte Woche Thema in seiner

Kommunikationsfortbildung gewesen. »Warum ist das so, fragen Sie sich? Warum kommt uns das billiger? Eine gute Frage!« Er blickte suchend in die Menge, aber im Grunde schien sich das eigentlich niemand wirklich zu fragen. Nicht wenige fragten sich allerdings, warum sie überhaupt hier saßen. Die Politik entschied doch sowieso, wie es ihr passte. Schließlich beantworte Herr Johannsen die sowieso rhetorisch gemeinte Frage selbst: »Haben Sie eine Vorstellung, wie viel es kostet, alle diesbezüglichen Datensätze umzuändern? Wie viel es kostet, die Bezirksgröße, die ja abhängig ist von der Bezirkshöhe, neu zu bestimmen? Und das geht noch weiter«, langsam kam er in Schwung, »alle Schilder müssten abgerissen und durch neue ersetzt, Straßenpläne neu gedruckt und Ampelschaltungen verändert werden. Vielleicht müsste deshalb sogar die letzte Wahl zur Bürgerschaft wegen der falschen Bezirksgröße wiederholt werden? Möglich wäre das.«

Herr Johannsen gab sich Mühe authentisch zu wirken. Arme und Hände waren ständig in Bewegung und kamen fast ins Rudern, als er bei den Ampelschaltungen angekommen war. Und er vergaß auch nicht zu erwähnen, dass die Bergstraßenbahn, die bislang den Dulsberg befuhr, damit schlichtweg überflüssig werden würde. »Leute, könnt ihr euch vorstellen, wie schön es sein wird, wenn euch die Straßenbahn nicht mehr vor Nase wegfährt? Wieso? Einfach deshalb, weil keine mehr da ist. Eben weil sie nicht mehr gebraucht wird.«

Einige der Anwohner stutzten und schauten einander fragend an. Nach einem kleinen Augenblick des Wartens löste Herr Johannsen das Rätsel auf. »Geplant ist, die Strecke unterirdisch zu verlegen. Eine U-Bahn-Station soll innerhalb des Berges entstehen. Das sollte eigentlich noch geheim bleiben, aber ...« Er machte eine Pause. Und während die im Saal anwesenden Vertreter der hiesigen Wochenblattpresse ihre längst eingepackten Tablets wieder startklar machten, fuhr er weiter fort: »Die Station wird aller Voraussicht nach: *Dulsberger Berg* heißen. Ist doch was, oder?«

»Und wie sollen wir dann auf den Berg kommen, Herr Jannsen?«, fragte ein aufgebrachter mitteljunger Mann im roten T-Shirt und mit um den Hals hängender Trillerpfeife.

»Ach, da wird sich schon eine Möglichkeit finden, da machen Sie sich man keine Sorgen drüber, das regelt sich dann schon«, meinte Herr Jannsen, der natürlich nicht Jannsen, sondern Johannsen hieß. Es klang fast leichtfüßig, als die Worte aus seinem Mund strömten. Jedoch zeichnete seine Gestik ein anderes Bild, denn es war in der Tat eine gute Frage gewesen. Eine Frage, an die noch keiner gedacht hatte. Nach einem Augenblick des Schweigens fügte er dann relativ leise hinzu: «Zur Not bauen wir halt eine Seilbahn.«

Ein Raunen ging um. Eine Seilbahn! Frau Jagoda sah ihren Mitarbeiter fassungslos an. Viele der Ladenbesitzer konnten sich mit der Idee gut anfreunden und die Stimmung kippte langsam zugunsten der Bergbefürworter. Herr Johannsen führte dann noch das eine oder andere zu diesem Thema aus und wurde schließlich mit reichlich Beifall bedacht. Eine Seilbahn, direkt an ihrem Berg, der ja dann auch wieder offiziell Dulsberg heißen durfte. Damit hatte wohl keiner gerechnet.

Dann kam der Punkt mit Fragen aus dem Publikum, und es zeigte sich, wie trügerisch und auch wie kurzlebig Stimmungswogen sein können. Es begann zuerst mit einer etwas schüchtern wirkenden Dame Anfang oder Mitte 50, die für gegenseitige Achtsamkeit plädierte und es für besser hielt, alles beim Alten zu belassen, weil es sich für sie besser anfühlte. Die Podiumsteilnehmer ließen das mit mildem Gesichtsausdruck, aber unbeantwortet im Raum stehen.

Der Nächste, der sich an das Mikrofon stellte, gab sich schon etwas forscher. Er fragte nach den genauen Kosten für die Aufwerfung. Und, und damit schlug er unter Umständen in eine ähnliche Kerbe wie die Dame vor ihm, sollte das Geld nicht besser für Steuersenkungen oder die Erneuerung im Straßennetz beziehungsweise für bessere Fahrradwege verwandt werden? Auch er erntete nicht mehr als mitleidige Blicke zusätzlich zu sehr vage gehaltenen Allgemeinplätzen über Zuständigkeiten beim Straßenbaurecht. Dann, und damit kippte die Stimmung nun tatsächlich, fragte jemand, ob die Benutzung solch einer Seilbahn für die Bewohner umsonst sein würde. Herr Johannsen, dem langsam klar wurde, wie wenig sein Vorschlag ausgearbeitet war, lief leicht rosa an und blickte zu Frau Jagoda hinüber. Sie lächelte auf Haifischart zurück und raunte ihm zu: »Es war Ihr Vorschlag, Herr Johannsen, das müssen Sie jetzt ganz alleine ausbaden.« Herr Johannsen lief noch etwas roter an, dann sagte er reichlich verlegen: »Es wird vermutlich ein kleiner Obolus zu entrichten sein, da kommen wir wohl nicht drum herum.«

In etwa zu dieser Zeit begannen auch die ersten Zwischenrufe von einigen Teilnehmern in roten T-Shirts mit der Aufschrift: *Rettet den Dulsberg!* Wenig darauf zertrat ein Stinktier, wie es Frau Balzak durchaus passend umschrieb, heimlich eine oder mehrere Stinkbomben. Die Zwischenrufe steigerten sich zusehends und auch die recht gewagte Idee Herrn Johannsens, eine Anwohnerplakette, also quasi ein verkleinertes Mautsystem mit Gutscheinen für Ladenbesitzer einzuführen, konnte die Situation nicht mehr wirklich entspannen. Bald kam kaum noch ein Redner auf der Gastgeberseite zu Wort. Und wenn doch, ging sein Betrag im Geräuschhagel der Trillerpfeifen und ähnlicher Gerätschaften unter, die die *Initiative zur Rettung des Dulsberges*, ehemals *Dulsberger-Komitee* genannt, zuvor am Kirchenportal verteilt hatte.

Zu guter Letzt sah Frau Balzak keinen anderen Weg und rief die Polizei, die das Gebäude kurzer Hand räumen ließ.

Ein paar Tage darauf und durch eine Indiskretion sickerte der Beschluss zum Abriss der alten Kirche durch. Ein Verkauf an die *Crowleystiftung* schien damit in weite Ferne gerückt. Außerdem fuhr ab der kommenden Woche die Bergstraßenbahn nicht mehr die Strecke Dulsberg-Barmbek-Dulsberg. Auf Nachfrage wurden turnusmäßige Inspektionsarbeiten am Gleisbett angegeben. Interessanterweise musste dies dann wohl der erste Turnus in der mehr als hundertjährigen Geschichte der Straßenbahn sein.

Tja, aber wenn man heute über die Dulsberger Bodenerhebung etwa in Höhe des Straßburger Platzes geht, hat man nicht unbedingt das Gefühl, über einen Berg oder Vergleichbares zu wandern, oder? Auch gibt es die Kirche noch und eine Bahnstation *Dulsberger Berg* sucht man vergeblich. Und wieso ist das so? Daran trägt Dirk wieder einmal eine nicht geringe Mitschuld. Denn er war es, der der Initiative vorschlug, einen Brief, den er natürlich schon vorbereitet hatte, an *Mr-X* von *Mopo deckt auf* zu senden. Er war nämlich im Internet – er hatte mittlerweile einen eigenen Computer – auf etwas gestoßen, das die Sache in ganz neues Licht tauchte. Das Komitee gab auch dieses Mal ihr Einverständnis, wenn auch eher lustlos.

Einen Tag vor dem eigentlichen Baubeginn, gut sechs Monate nach der Bürgerbefragung, platzte im Senat dann die Bombe. Die Mopo hatte einen großen Aufhänger daraus gemacht. **Neue Beamtenposse im Senat** lautete der erste Satz. Und darunter in fast gleich großer Schrift: **Senat will Gottfried D. zum Berg machen**. Noch am selben Vormittag fanden seitens der Behördenleitung Gespräche mit Frau Jagoda statt. Im Folgenden wurde ihr mit sofortiger Wirkung die Leitung des Falles entzogen und die Akte ruhte bis auf Weiteres bei Herrn Andresen, der sich nach wie vor in Elternzeit befand.

Viele Monate lang geschah wiederum nichts. Niemand, der am Hügel wohnte, dachte mehr an dieses unsägliche Bauvorhaben durch das Amt für Bau und Vertrieb Bezirk II (beziehungsweise jetzt Bezirk I). Die Initiative zur Rettung des Dulsberges war endgültig aufgelöst worden. Frau Monkel hatte ihr Geschäft aufgegeben und Dirk inzwischen sein Studium beendet. Frau Drevermann hatte Frau Drewensen sowieso nie ausstehen können und Herr Numps war mittlerweile verstorben. Die letzte im Bunde, Frau Kneselbeck, die ja nun nicht mehr Kneselbeck-Schirmheck hieß, war nach Baden-Württemberg verzogen und hatte mit dem Kapitel Dulsberg und vor allem mit Dirk endgültig abgeschlossen.

Aber wie gesagt, den Dulsberg oder besser Dulshügel gibt es nicht mehr. Eines Nachts, heimlich könnte man sagen, rückten große Baumaschinen an. Ein meterhoher Zaun wurde in derselben Nacht errichtet. Um kurz nach Sonnenaufgang, es handelte sich nur der Vollständigkeit halber diesmal um keine vorangegangene Vollmondnacht, begannen die Maschinen zu arbeiten. Mehr als zwei Wochen wüteten sie, dann schien das Grobe geschafft. Die riesigen Bagger und Abräumer verließen das Gelände und machten noch größeren Planierraupen Platz. Nochmals drang für fast neunzehn Tage ohrenbetäubender Lärm durch die Bauzäune in die umliegenden Straßenzüge, aber dann war und blieb es ruhig. Die Raupen verschwanden, der Bauzaun wurde niedergerissen und den Anwohnern des Stadtteils Dulsberg steht seit dieser Zeit nunmehr ein wunderschöner Marktplatz, der geradezu zum Verweilen einlädt, zur Verfügung. Ob die Kirche tatsächlich an die Crowleystiftung verkauft wurde, ist nicht belegt, aber sie steht noch. Allerdings erscheint sie dunkler und irgendwie unheimlich. Vermutlich liegt das aber nur an den freigelegten Backsteinfundamenten, die nun teilweise bis zu fünf Meter aus dem Boden ragen oder vielleicht auch an den Pentagrammen, die die Kreuze ersetzt haben. Auf dem Platz selbst, meist unter den Bierdosen nicht leicht zu erkennen, verkündet ein hübsches kleines Messingschild seitdem, dass der Name des Stadtteils Dulsberg nicht auf einen Hügel gleichen Namens, sondern auf den schlesischen Küfer Gottfried Dulsberg zurückgeht, der im 14. Jahrhundert hier in der Nähe eine Fassmacherei betrieben haben soll. Und damit erklärt sich letztlich auch, weshalb der Hügel nicht aufgeschichtet oder einfach gelassen wurde, wie er war. Denn für einen Berg gab es erstens keine Grundlage mehr – man beachte hierbei insbesondere die Ausführungen im Amtlichen Anzeiger 11/77 – und für einen Hügel sahen die Stadtplaner keinen Bedarf, das ist ja irgendwie auch nachvollziehbar. Was blieb, war ein hübscher, mit oftmals abgefüllten Menschen versehener, innerstädtischer Platz, der an bestimmten Tagen auch den Wochenmarkt beherbergt.

Und auf eben diesem Platz stehe ich jetzt mit meinem dreirädrigen Jogger Modell *Virago* mit echten luftgefüllten Profilreifen und warte, dass diese elende, gottverdammte Ampel endlich grün wird. Ich komme nämlich gerade vom Einkaufen und möchte nach Hause. Wenn das jetzt noch länger dauert, und es dauert schon unverschämt lange, dann komme ich wohl nicht umhin, Ihnen auch noch die natürlich ebenso wahre Geschichte zu erzählen, weshalb sich die gelben und graugrünen Renault Twingos erhoben haben und nun heimlich, wenn alles schläft, des Nachts um die Häuser nah an der alten Kirche streifen und dabei vornehmlich persönlichkeitsgestörten Jugendlichen auflauern, um ihnen ihre blutgetränkten Felgen in das Fleisch zu treiben. Denn davon ernähren sie sich. Und auch heute Nacht werden sie sich wieder erheben, ihre verrosteten Fratzen über den Boden schleifen lassen, um den Geruch ihrer Beute aufzunehmen ... Ooh, es wird gerade grün, da haben Sie ja noch einmal Glück gehabt!

Hintergrund

Die meisten Texte entstammen der Anthologie: Dulsberger Enthüllungen & weitere Bösartigkeiten, die 2009 zusammen mit Beiträgen von André Dessaules im BoD-Verlag erschienen ist.
Neu hinzugekommen sind **Ameisen auf dem Dulsberg, Begleiter, Paramecium Caudatum** und die **Rahmenhandlung**. Außerdem wurden alle Texte vollständig überarbeitet.

Manchmal haben aber auch die Geschichten schon eine Geschichte. Und die möchte ich Ihnen nicht vorenthalten:
Begleiter. Beitrag zum MaiRauschen 2014. Katzen haben etwas Faszinierendes. Ebenso Gargoyle und alte Jugendfreunde. Im Gegensatz zur Ausgabe von Herrn Numps befindet sich in der echten Anthologie von 2009 kein Text mit dem Titel *Begleiter* (und wird sich auch nie darin befinden).
Auf dem Bahnhof. Dies ist wahrscheinlich die kontroverseste aller Kurzgeschichten. Ich war mir seinerzeit (2002) nicht sicher, ob ich mich je trauen würde, sie zu veröffentlichen (tat es natürlich doch). Sie ist politisch, nun ja, nicht gerade korrekt. Aber genau darin liegt womöglich auch ihr besonderer Reiz.
Paramecium Caudatum oder das Geheimnis von Paprikapulver und Curry. Sozusagen meine neueste Kreation (geschrieben im Februar 2015).
Virago. Original verfasst 2004. Inspiriert wurde Geschichte, wie soll es anders sein, von meinem damaligen Motorrad, einer Yamaha XV535 Virago. Wäre die Ge-

schichte ein Jahr später entstanden, hätte sie vermutlich Honda Transalp geheißen.

Obiger Satz ist eine prima Überleitung zu den **Motorrad-Erfahrungen**. Geschrieben wurden sie 2006 und erstmals überarbeitet 2009. Dieser Erfahrungsbericht mutet etwas unglaubwürdig an. Es ist einfach schwer vorstellbar, dass Leute so viele Fehler fabrizieren und das auch noch in Reihe. Aber der Bericht ist wahr; es hat sich alles tatsächlich so abgespielt. Unglaublich, oder? Hinzufügen möchte ich noch, das auch die GN250 nicht ewig gelebt hat. Mittlerweile gibt es bei uns keine Motorräder mehr, sondern Elektrofahrräder – ist aber auch schön. Wobei, ein Burgmann auch einen gewissen Reiz besitzt.

Der Fuchs und die Gräfin ist die älteste der Erzählungen. Sie stammt etwa aus dem Jahre 1996 und wurde mehrfach umgearbeitet. Aber ich denke, auch bei ihr lässt sich eine gewisse Empathie für Gruseliges nicht ganz verbergen. Letztlich gemündet hat es dann ja in der *Totendämmerung* (auch erhältlich).

Ameisen auf dem Dulsberg. Von der Ältesten zur (fast) Neuesten ... Woher die Affinität für Dulsberg stammt, ist mir ein Rätsel. So schön ist dieser Stadtteil nun wirklich nicht. Aber er hat einiges an Kultur zu bieten und eine Seele. Ich glaube, das kann nicht jeder Ort von sich behaupten. Ich habe 20 Jahre dort gelebt und einiges dabei erlebt und möchte auch nur wenig davon missen.

Entstanden ist die Geschichte übrigens aufgrund eines Zurufes. Die Besitzerin eines Cafés regte sich über Ameisen auf, die sie umherkrabbeln sah. Ich muss wohl ein bisschen blöd geschaut haben, jedenfalls sah sie mich streng an und meinte, dass ich darüber mal schreiben sollte. Nun gut, hiermit sei es getan.

Jochen Albers' seltsame Allergie. Der Text mit dem eigenwillig anmutenden Titel entstand um das Jahr 2005. Ist es richtig, sein Ende selbst zu bestimmen? Diese

(überaus) kurze Kurzgeschichte widmet sich einem ernsteren Thema. Ich muss sagen, sie hinterlässt mich immer etwas ratlos. Ich weiß nicht, ob ich Porthos oder eher Athos zustimmen soll. Ich glaube, da gibt es auch keine klare Linie, das muss wohl jeder für sich entscheiden.
Rahmenhandlung. Für die Rahmenhandlung möchte ich der Partei *Die Linke* herzlich danken. Insbesondere für ihr putziges Wahl-Werbeschild: Hartz 4 muss weg! – übrigens tatsächlich mit Ausrufezeichen.

Auch erhältlich

Thomas Sichelschmied:

Totendämmerung (Horror)
Abtei (Mystery)

Michael Grun:

Das Äon (Science-Fiction)

Leseprobe *Totendämmerung*

1826, nördlicher Schwarzwald

Die alte Frau war tot. Am Morgen fand Jochen, ein Schäfer, ihren Leichnam. Er lag am Fuße eines Hügels, über den man sich, wenn überhaupt, nur flüsternd zu unterhalten wagte. Auch Jochen mied ihn, wenn es irgend ging. Kahl war er und obwohl nicht hoch, sah man ihn doch von weitem. Es rankten sich viele Geschichten um ihn und um die Weide, dem Einzigen, was dort oben wachsen wollte. Und keine, so heißt es, sei je erbaulich ausgegangen.

Neben der Alten lag ein Bündel Holz, mehr Span als Ast. Mit Blut besprenkelter Sauerampfer wuchs zu ihren Füßen. Pilzkrümel waren aus dem Rockschoß gefallen. Sie hatten sich über den aufgerissenen Leib und der näheren Umgebung wie Brosamen verteilt. An einigen Stellen bedeckte auch eine blau schimmernde Flüssigkeit ihren Körper.

Jochen kannte die Frau. Er hatte sie manchmal im Wald gesehen und ab und an auch mit ihr gesprochen. Bettelarm war sie gewesen und hässlich und ohne Zähne. Es war wohl nicht schade um sie, dennoch, solch einen Tod wünschte sich niemand.

Jochen stand einfach nur da und beobachtete sie. Lange vermochte er sich nicht von diesem Bild abzuwenden, das ihn gleichzeitig mit Abscheu wie Faszination erfüllte. Schließlich aber trat er näher.

Der Morgen war dem Mittag gewichen. Dutzende Menschen hatten sich am Ort des Geschehens eingefunden und einen weitläufigen Kreis um die Leiche gebildet.

Die meisten schwiegen oder raunten leise. Manche beteten. Unter den Anwesenden befand sich auch der Landgraf von Scharenbroich; der Amtmann der Region. Er stand der Fundstelle am nächsten.

Die Alte befand sich noch immer auf dem Grasboden. Ein Überwurf, wahrscheinlich der des Schäfers, bedeckte ihren Körper bis zum Hals. Arme und Beine waren abgetrennt und lagen säuberlich gestapelt auf Leistenhöhe. Überall fanden sich Blut und zerfleddertes Fleisch. Jemand hatte größere Stücke zu einem Haufen neben dem Leichnam zusammengetragen. Es wirkte obszön und stank erbärmlich.

Angewidert betrachtete von Scharenbroich das Schlachtfest zu seinen Füßen. Er hatte seinen zylinderförmigen Kastorhut abgenommen. Nachdenklich drehte er ihn der Krempe entlang. Er verstand nicht, wie es jemand über sich brachte einen Menschen derartig zu zerstören und auch nicht, warum es nicht endlich aufhörte. Einzig das Wer erschien ihm offensichtlich; der Fluch und damit Hanna natürlich! Weshalb hatte dieses Elend gerade in seine Zeit fallen müssen? Er schob mit den Fußspitzen ein Fleischbröckchen zur Seite. Dicke, fleischige Maden klebten daran. Ob es jemals enden würde? Sicher, die Frage war nur wann. Sein Frühstück kam ihm die Kehle hochgewandert. Zur Ablenkung sah er nach oben. Aber der Anblick des Himmels vermochte seine Laune auch nicht aufzuheitern und der dichte Nebel erst recht nicht. »Na, willst heuer gar net abziehen, wie?«, murmelte er allgemeinhin und zu niemand im Besonderen.

Grau und dunkel hingen die Wolken, aufgetürmt zu Gebirgen, bis tief in die Täler hinunter. Es regnete schon seit Tagen, nicht immer viel, aber genug, dass der Dunst bis zum Boden reichte. Und so gesehen hatte der Landgraf nicht einmal unrecht, denn der Nebel wirkte tatsächlich, als ob er nicht abzöge.

Versetzt hinter dem Grafen standen der Dorfschulze sowie Lösch Bergmann, der Arzt. Bergmann war von hagerer, eher kleinerer Statur. Sein Gesicht ausgemergelt, die Haare hingen ihm wirr herab. Seine Kleidung war schäbig. Der Dorfschulze Arbogast Pappenhusen passte von der Größe her zwischen sie, nur sein Bauch, der stach heraus. Alle drei kamen aus der Gegend um Desserau. Aber auch aus Viehingen war Volk gekommen und sogar aus Wellkraich. Wobei Desserau dem Hügel doch am nächsten lag.

Von Scharenbroich sah missmutig auf das Gesicht der Toten. Es war unversehrt. »Und du hast sie heute Morgen gefunden, Jochen?«, fragte er. Jochen, weiter weg und in der Menge stehend, nickte, sagte aber nicht mehr dazu. »Was hast du eigentlich hier zu suchen gehabt? Deine paar Schafe grasen doch bei dir auf dem Hof, oder nicht?« Jochen starrte angestrengt auf ein Grasbüschel zu seinen Füßen. »Is' deine Sache. Aber eines lass dir gesagt sein: Sollte ich dich je beim Wildern erwischen, weißt du hoffentlich, was dir blüht!« Jochen nickte.

Für von Scharenbroich war das Gespräch damit beendet. Er trat wieder ein Stück auf die Leiche zu. »Wohl wieder ein Mord der verdammten Hexe, was?«, meinte er laut und bestätigte damit seine und auch die Vermutung vieler der Umstehenden. Ein Murmeln ging durch die Menge. Die Menschen bekreuzigten sich: Der Fluch von Hanna! Seit Jahren ging das nun.

Lösch Bergmann runzelte die Stirn. Hexerei, Flüche, der ganze alberne Aberglauben. Er hätte dazu einiges sagen mögen, unterließ es aber. Seine Kehle fühlte sich pelzig an. Nun, das Gefühl war ihm um diese Zeit nicht unvertraut. Er fing an, seine Schuhe zu begutachten. Löcherig waren sie und die Sohle hatte sich in Teilen gelöst. Der Rest seiner Sachen befand sich in keinem besseren Zustand. Wahrscheinlich würde es gleich wieder regnen. Er spürte das in den Zehen, obwohl er dafür auch einfach nur nach oben hätte schauen müssen.

Eine Gruppe Melkanermönche kam auf die Anhöhe zu. Selbst bis nach St. Elium schien das Ereignis gedrungen zu sein. St. Elium? Hieß ihr Kloster tatsächlich so? Es war Bergmann zwar im Grunde völlig gleichgültig, wie sie ihre Kloake von Abtei nannten, aber er konnte es nicht ausstehen, wenn er sich an etwas nicht richtig erinnerte. Es würde ihm den ganzen Tag auf der Zunge liegen. Und wenn er Pech hatte, auch noch länger. Abgesehen davon mochte er Mönche nicht. Aber er mochte auch vieles andere nicht.

Die Melkanermönche warteten in einiger Entfernung. Einer von ihnen trat schließlich vor und redete leise mit dem Grafen, der ein Stück auf sie zugegangen war. »... ja, wahrscheinlich wird das das Beste sein«, meinte Bergmann dennoch verstanden zu haben. Anschließend ging der Mönch zu der Toten hinüber. Er gebot allen Anwesenden (auch Bergmann, der mit ihm hatte gehen wollen) Abstand zu halten und kniete nieder. Vorsichtig und mit spitzen Fingern hob er den Überwurf ein Stück an, ließ ihn aber fast augenblicklich wieder fallen. Seinem Gesicht war alle Farbe entwichen. *»Ave maria, gratia plena. Dominus tecum, benedicta tu in mulieribus. Ave maria, gratia plena ...«*

Mehrfach noch wiederholte der Mönch seine Litanei. Was auch immer sie bedeuten mochte, Bergmann wusste es nicht. Ebenso wenig wusste er, in welchem Zustand sich der Leichnam befand. Er hatte zuvor auch einen Blick auf ihn werfen wollen, aber es war ihm verwehrt worden. Genau wie in allen anderen Fällen auch schon. Wahrscheinlich sollte er noch dankbar sein, überhaupt hier stehen zu dürfen! Was für ein selbstgefälliger Mistkerl! Von Drecksack sollte er heißen und nicht von Scharenbroich! Nein, heimisch würde er in Desserau sicherlich nie werden. Selbst nach den langen Jahren nicht.

Bitterer Magensaft zog sich die Kehle hinauf. Das kam von zu wenig Brot und zu vielem Wein.

Der Mönch schien sich wieder gesammelt zu haben. Er wischte ein paar Erdreste von seiner Kutte und sprach den Dorfschulzen an. »War sie getauft?«, fragte er. Pappenhusen zuckte kurz mit den Schultern, er hatte offensichtlich keine Ahnung. »Ja-a«, stammelte er und dann bestimmter: »Sie war getauft, b-bin mir sicher.«

Der Mönch schaute ihn eine Weile schneidend an, drehte sich aber zum Landgrafen hin: »Dennoch, sie sollte verbrannt werden«, sagte er, »und das am besten sofort. Wer weiß, was nun in ihr innewohnt.«

Noch bevor Bergmann eine Möglichkeit fand Bedenken zu äußern, die er sehr wohl hatte, war für von Scharenbroich die Entscheidung gefallen. Er stimmte dem Pater in extenso, also in allen Punkten zu.

Am Abend des gleichen Tages befand sich Bergmann im Springenden Eber, einer der Schankstuben Desseraus. Wenn er Geld hatte, war er hier. Da das jedoch ausgesprochen sporadisch vorkam, sah man ihn eher selten, zumal er nicht mehr anschreiben durfte. Es war dreckig, stickig und verqualmt. Aber das störte weder ihn noch sonst jemanden in der Kaschemme. Sein Etat heute reichte gerade für ein, wenn sich der Wirt gnädig zeigte, möglicherweise auch für ein weiteres Bier. Er würde es dann schon merken. Wenn er also nicht gleich wieder rausfliegen wollte, musste er sich seine Zeit einigermaßen einteilen, denn so ein Krug Bier hielt bei ihm für gewöhnlich nicht lang.

Hexen und Widerkehrer, alle redeten nur noch über diese Ammenmärchen. Selbst in Desserau sollte man aufgeklärt genug sein, um den Blödsinn dahinter zu erkennen. Der oder die Mörder waren unter ihnen und mit Sicherheit weder Hexen noch Geister! Aber es interessierte die

Leute üblicherweise einen Dreck, was er dachte. Zugegeben, umgekehrt verhielt es sich kaum anders.

Grob wurde er zur Seite gedrängelt. Der Totengräber Martin Fallesleben quetschte sich neben ihn an den Tresen. Da er aber einen ausgab, nahm Lösch es ihm nicht weiter übel.

»War das jetzt die sechste oder schon die siebte Leiche?«, fragte er ihn. Vielleicht sprang auf diese Weise ein weiteres Bier für ihn heraus.

»Die Zwölfte«, sagte Fallesleben gedehnt. »Ich muss es wissen, ich bring sie unter die Erde, ha!«

Er lachte schallend auf. Aber seine Angabe stimmte nicht. Er wollte sich nur wichtig machen. Die Zahl der Menschen, die man tot im Wald auf oder bei dem Hügel gefunden hatte, war erheblich geringer gewesen.

»Wenn du mich fragst, Doktor ...«, meinte Fallesleben dann und blickte mit glasigen Augen verschwörerisch zu ihm hinüber. Er hatte wohl vorher schon einiges getrunken. »... rächen sich die Toten an den Lebenden. An deiner Stelle würde ich aufpassen. Vielleicht wollen sie auch dich holen! Wobei ... viel zu holen ist bei dir ja gerade nicht.«

Wieder lachte er. Es erinnerte Lösch an das Meckern eines Ziegenbocks. Danach warf Martin einige Geldstücke auf den Tresen und machte sich schwankend auf den Heimweg. Der Arzt sah ihm nach. Eigentlich hätte ihm der Durst nach solch einem Gespräch vergehen sollen, doch es geschah nicht. Aber diese Erkenntnis war ihm nicht mehr wirklich neu. Abgesehen davon hatte der Totengräber doch kein zweites Bier mehr ausgegeben. Im Grunde empfand er diesen Teil als den unerfreulicheren.